*La Révolution de l'escargot*

Laurie De Vlieger

*La Révolution de l'escargot*

Droits d'auteur © 2016 Laurie De Vlieger

Impression et Édition : BOD – Book on Demand,

12-14 rond point des Champs-Elysées,

75008 Paris

ISBN : 9782322112920

Dépôt légal : septembre 2016

*À ma plus belle rencontre...*

*Nous passons la moitié de notre vie à escalader une échelle, et l'autre à réaliser que nous l'avions adossée au mauvais mur.*

Carl Jung

*Aucun accomplissement, si grandiose soit-il, ne peut mettre en échec l'angoisse de n'être rien... il nous faut avoir le courage de nous retrouver face au vide de nos vies bien remplies.*

Guy Corneau

# 1

« Merde, je suis encore en retard ! » hurlai-je en voyant que l'horloge chromée de la salle de bains affichait déjà 8h45. Il ne me restait que 15 minutes pour arriver à l'heure au bureau. Comment 10 minutes avaient-elles pu filer le temps de me laver les dents ? Pourtant je m'étais bien jurée hier matin que c'était la dernière fois que j'arrivais en retard. Depuis quelque temps, mes erreurs semblaient se répéter inlassablement. Dans ma situation, je n'avais que deux solutions : courir ou mentir ! Mon cœur balançait… Il allait pourtant falloir me résoudre à opter pour la première, car je n'étais vraiment pas douée pour le mensonge. J'avais déjà tout prétexté auprès de ma responsable : maladie, deuil, retard de métro… Rien ne l'avait convaincue ! Hier encore, je m'étais humiliée en bégayant que j'avais dû aider ma concierge qui avait fait un malaise dans la cage d'escalier. Je n'avais donc d'autre choix que courir, ce que je détestais par-dessus tout et qui serait encore plus pénible aujourd'hui, vu ma superbe idée d'enfiler le jean "slim" qu'une vendeuse m'avait convaincue de prendre en 36, alors que je fais du 38 !

Me voilà quelques minutes plus tard dévalant deux à deux les marches de mon immeuble, perchée sur des talons compensés, un énorme sac à main sur un bras, mes deux carnets de croquis et mon ordinateur portable sous l'autre, essayant d'accélérer le plus possible sans me tordre les chevilles.

Si je pressais le pas, la station de métro la plus proche n'était qu'à cinq minutes! J'avais toujours espoir de limiter les dégâts. Dans ma précipitation, en débouchant de l'immeuble, je faillis écraser le yorkshire de la voisine. « Pouvez pas faire attention ! Vous avez failli tuer ma pauv' Croquette ! » l'entendis-je brailler dans mon dos. Mais je ne ralentis pas pour prendre la peine de m'excuser. C'était encore jouable ! Ce n'est que deux cents mètres plus loin que mon élan fut coupé net par la foule du mercredi, jour de marché à Barbès. Exclu donc, de ce fait, d'arriver en temps et en heure au travail !

Après 15 minutes à me frayer ma route à coups de sac parmi tous les badauds, bombardée de regards de travers en dépit de ma pluie de pardons, j'arrivai enfin à la bouche de métro. Je savais néanmoins, à cette heure d'affluence, ne pas être tirée d'affaire. Aux portes automatiques, je dus m'arrêter quelques secondes pour prendre ma carte de transport au fond de mon sac, et fus aussitôt brutalement bousculée par un homme. Tout le monde courait, ma parole ! Tenant enfin ma carte, j'en fis autant par mimétisme, même sachant que de toute façon, j'étais déjà bonne pour un retard abyssal et une monstrueuse engueulade.

Finalement, je réussis à me faufiler au plus près de la ligne jaune, à l'endroit précis où les portes de la rame s'ouvraient. Mais petit à petit, la pression de la foule augmentait. En quelques secondes, je me retrouvai encerclée par plusieurs personnes qu'ils semblaient prêtes à m'écraser. Mes jambes se mirent à trembler, et une immense fatigue s'abattit sur moi. Je n'en pouvais plus de me bagarrer chaque jour contre mes contemporains pour entrer dans une boite filant vers les profondeurs de la terre. Je ne me sentais plus d'attaque à affronter tous ces visages tristes et épuisés, cette armée d'esclaves, de main-d'œuvre au rabais croulant sous l'obligation de faire tourner un système inhumain.

Il me sembla sentir ma colonne vertébrale parcourue d'une décharge électrique, puis la transpiration recouvrant mon corps devenir glacée. Je dus m'accrocher à la manche du jeune homme noir qui se tenait sur ma gauche. Je captai l'inquiétude sur son visage, puis plus rien, sauf le bruit sourd de ma tête heurtant le sol.

## 2

« Je dors... Je dors ! Pourquoi suis-je en train de dormir alors que je devrais être au travail ?!... Pas moyen de me réveiller ou quoi ? Ah si, mes paupières bougent ! » Parvenant à ouvrir l'œil quelques secondes, je me découvris allongée dans une pièce très lumineuse aux murs blancs. « Je suis où ? Pas chez moi !... Merde, on dirait une chambre d'hôpital ! » Mais le saisissement ne put vaincre ma léthargie, et je retombai dans un lourd sommeil.

Plus tard, entendant s'ouvrir la porte de la chambre, j'écarquillai les yeux. C'était une jeune infirmière. Elle était parfumée à outrance. Je reconnus l'odeur de mimosa qui, depuis mon enfance, m'était très chère, mais qui cette fois-ci m'étourdissait. Je tentai de me redresser pour questionner la visiteuse, mais n'en eus pas le temps car elle avait déjà filé, sans daigner me parler. Que faire ? Me lever peut-être, et chercher quelqu'un pour m'expliquer ce que je faisais là ? Je pris appui sur mes poings serrés et, soulevant mon arrière-train, projetai mes jambes hors des couvertures. Assise au bord du lit, je dus marquer une pause, tant cet effort avait vidé mon peu d'énergie. Après quelques instants je décidai de risquer une sortie, bien que le lit soit si haut que seuls mes orteils touchaient le sol et que je sois très faible. Je fus prise d'un terrible vertige, que je réussis à contrôler en fermant les yeux et en m'accrochant à la barre d'un goutte-à-goutte inutilisé. Au bout de quelques secondes, ayant recouvré mes esprits, je m'aperçus n'avoir sur moi qu'une horrible chemise de nuit laissant presque mon postérieur à l'air. Pas question d'arpenter les couloirs dans cette tenue ! Je devais d'abord récupérer mes affaires, qui n'étaient sur aucun des fauteuils de la chambre. Finalement, je les retrouvai dans une petite armoire en stratifié blanc, où quelqu'un avait eu la gentillesse de les ranger bien pliées. Pour la seconde fois de la journée, j'allais devoir me battre pour entrer dans ce satané jean ! Alors que je gigotais comme une damnée pour y glisser le haut de mes cuisses, un homme entra. Il paraissait la cinquantaine, avait de jolis cheveux poivre et sel épais et en bataille, et son regard cerné de noir lui donnait un air de cocker.

— Il nous aura donné du fil à retordre, ce pantalon ! me lança-t-il.

Comme je le regardais bouche-bée, il poursuivit :

— Bonjour ! Docteur Nemouche. L'aide-soignante a bien failli le couper aux ciseaux au moment de passer votre chemise, dit-il en faisant un signe de tête vers mon jean. Sinon, vous allez quelque part, Mademoiselle Tomas ?

— Euh... Non. Je crois bien que c'est vous que

je cherche.

— Les grands esprits se rencontrent ! s'exclama-t-il en souriant.

— Euh. Oui... En fait, pour tout vous dire, je cherchais à savoir ce que je fais là ?

— Vous êtes tombée dans le métro. On vous a amenée ici à 9h10 ce matin après que vous vous soyez évanouie sur le quai, me confia-t-il.

— Et... qu'est ce que j'ai ? l'interrogeais-je angoissée par sa révélation.

— Je ne sais pas encore. A priori, un malaise vagal sans gravité, mais je préfère vous faire passer des examens pour être sûr qu'il ne s'agit pas d'un AVC.

Que se passait-il ? J'avais commencé la journée comme chaque jour, sans aucun signe avant-coureur d'une quelconque catastrophe, et je me retrouvais à présent à l'hôpital à parler d'AVC avec un médecin urgentiste.

— Un AVC ! C'est pas terrible ça, non ? m'exclamais-je paniquée.

— Pas trop, mais comme vous m'avez l'air cohérente, ça m'étonnerait que ce soit ça. Par contre, je ne m'explique pas que vous ayez mis autant de temps à vous réveiller ?

— Comment ça ? Depuis combien de temps suis-je là ?

— Cela fait cinq heures que vous dormez à poings fermés ! C'est plutôt bizarre. On parlera de tout cela plus en détail tout à l'heure. Quelqu'un viendra vous chercher vers 16h pour vous faire passer un scanner et je vous prendrai en consultation dans mon bureau après. Vous devriez pouvoir partir vers 17h. Il fit une pause pour réfléchir, puis ajouta :

— À tout à l'heure, alors !
— À tout à l'heure… Oui.

Je ne savais trop que penser de cette conversation. D'un côté il s'était voulu rassurant tout en restant, de l'autre… un peu énigmatique ! Les mots « AVC », « bizarre », « scanner » s'entrechoquaient dans mon cerveau. Je sortis de ma rêverie et me rendis compte que j'étais encore un peu fatiguée, toutefois il était hors de question de retourner me coucher après avoir déjà dormi 5 heures. Il me fallait un café ! Une fois complètement habillée, je descendis au rez-de-chaussée demander à l'accueil s'il y avait une cafétéria dans l'hôpital. En m'approchant, je reconnus le jeune homme noir du métro. Il discutait, de façon très animée, avec l'hôtesse :

— Vous ne comprenez pas que je vais me faire virer si je n'ai pas ce mot aujourd'hui même !

— Mais Monsieur, je ne peux pas déclarer sur l'honneur que vous avez déposé une patiente en urgence ce matin alors que moi-même je n'étais pas là ! Revenez demain voir ma collègue. Elle vous reconnaîtra sûrement !

Le jeune homme semblait au désespoir. Il leva de grands yeux au ciel, fit un quart de tour... et tomba nez à nez avec moi.

— Bonjour ! Ça va ? dis-je entre inquiétude et surprise.

— Ah mon Dieu c'est vous ! Se tournant aussitôt vers l'hôtesse, il lui lança d'un air vainqueur : C'est de cette personne que je vous parle depuis tout à l'heure ! Je l'ai amenée ce matin avec le SAMU. Vous voyez bien !

— C'est vrai ! affirmais-je fermement, sans trop savoir ce qui était en train de se jouer.

— Bon, d'accord ! Votre nom madame ? me demanda-t-elle résignée.

— Lou Tomas, chambre 402.

— Heure d'arrivée ?

— 9 h 10 apparemment !

— Voilà ! Prenez ça Monsieur. Et bonne journée, dit-elle au jeune homme de son ton le plus revêche.

— Merci ! Merci ! Merci, s'exclama-t-il.

Il avait tourné plusieurs fois la tête dans ma direction et celle de l'hôtesse, afin de nous faire comprendre que ces remerciements nous étaient destinés à toutes les deux, et contemplait le bout de papier avec autant d'extase que si c'eût été un trésor.

Il me serra la main et se présenta :

— Moi, c'est Bony ! J'espère que vous allez mieux ?

— Oui ça va mieux, merci.

— Je dois y aller ! Si je ne donne pas ce papier à mon patron je vais me faire virer ! Mais bon rétablissement en tout cas.

Il tourna les talons et se dirigea vers la sortie. Je ne sais pourquoi j'eus envie de le rattraper. L'attrapant par le bras, je l'invitai à prendre un café pour le remercier. Il refusa d'abord, craignant de ne pouvoir remettre son justificatif à son entreprise avant la fermeture, mais devant mon insistance, il finit par admettre qu'il aurait le temps d'y passer avant 17h, et accepta.

La cafétéria ressemblait à une boutique d'aire d'autoroute. Il y avait un homme âgé seul à une table, lisant le journal, et plus loin un jeune couple et leur enfant. Le couple d'une vingtaine d'années semblait très soucieux, je voyais même que la jeune femme avait beaucoup pleuré, alors que leur petit garçon d'environ 6 ans gambadait partout. Sans doute ignorait-il encore ce qu'était la maladie !

Mon "sauveur" après m'avoir priée de m'asseoir sans l'attendre, était parti nous chercher deux cafés serrés.

— J'espère que vous l'aimez comme ça ? me

demanda-t-il à son retour.

— Oui ! Plus il est noir, plus j'aime !

— Comme moi ! répondit-il en s'esclaffant. Mais je vous déconseille de dire ça devant un black, ça pourrait-être mal interprété !

Malgré son impertinence, je trouvai sa remarque très drôle et lui rendis un sourire un peu gêné.

— Je vous dois combien pour les deux cafés ?

— Rien du tout !

— Vous plaisantez, c'est moi qui vous invite ! protestais-je.

— N'insistez pas, c'est hors de question !

— Allons bon, c'est la meilleure : vous me sauvez la vie et en plus vous m'offrez le café ! J'ai bien fait de croiser votre route, on dirait !

— Je ne peux pas en dire autant ! dit-il dans un magnifique éclat de rire. J'ai perdu une partie de ma journée, risqué de perdre mon travail... Et vous m'avez fait une belle frousse !

— Toutes mes excuses. Je suis vraiment désolée de vous avoir mis en difficulté.

— Mais vous n'allez pas vous excuser d'être malade, non ! D'ailleurs si ce n'est pas indiscret, j'espère que vous n'avez rien de grave ?

— Ils ne savent pas trop pour le moment, mais il semblerait que ce ne soit pas trop grave. Je vous remercie en tout cas. Heureusement que vous étiez là !

— Nos chemins ne se sont sûrement pas croisés pour rien... C'est le destin.

Il m'avait semblé très jeune, mais il avait dit cela d'un ton si sérieux que je me demandai s'il n'était pas plus âgé que moi, finalement. Pourtant son aspect physique disait le contraire, sa peau couleur ébène était incroyablement lisse et ses yeux, d'un noir intense, d'une vivacité que seuls ont les enfants.

— Lorsque je me suis approché de vous sur le quai et que nos coudes se sont frôlés, j'ai pris une décharge électrique, et j'ai su qu'il allait se passer quelque chose. Je n'ai pas tout de suite compris quoi, mais j'avais déjà eu ce genre d'expérience, et savais qu'il fallait rester en alerte.

— Et que s'est il passé ensuite ? Je n'en ai aucun souvenir.

— Mon intuition s'est confirmée ! Je vous ai observée et vous ai vue en plein désarroi. Votre visage était très pâle, presque transparent. Puis vous êtes tombée, en m'arrachant la manche ! Il sourit en me montrant le trou que je lui avais fait sous le bras, en tirant sur sa chemise.

— Non ! C'est pas vrai ! Je suis vraiment désolée. Que puis-je faire pour réparer ça ?

— Rien du tout ! De toute manière ça se recoud, il fit une pause puis reprit. Lorsque vous êtes tombée, votre tête en heurtant le sol à fait un énorme boum ! Je n'ai jamais eu si peur de ma vie.

Une fraction de seconde après le métro arrivait et là, les gens ont littéralement failli vous piétiner. J'avais l'impression d'être dans un film d'horreur. Je n'ai eu d'autre choix que vous tirer en lieu sûr, et j'ai donc loupé mon métro. J'ai regardé l'arrière de votre tête, mais il ne présentait pas de sang. J'ai également appelé de l'aide avec l'interphone d'urgence du métro. Le temps qu'ils arrivent, j'ai vérifié que vous respiriez bien, mais je n'arrivais pas à vous réveiller. Vos yeux restaient fermés, me disait-il avec beaucoup de calme. Il parlait très lentement, mais ses yeux s'animaient beaucoup. Les secours une fois là, je me suis fait passer pour votre petit copain afin de vous accompagner. Conclusion, je suis arrivé au travail avec presque 3h de retard, ce qui a bien failli tuer de colère mon responsable !

— Que faites-vous de si important dans la vie, pour que votre retard fasse un foin pareil ?

— Je suis un véritable super héros ! Je distribue le courrier dans les bureaux d'une tour de la Défense ! s'exclama-il en riant.

Il se leva et me tendit la main. Il me fallut quelques secondes pour comprendre qu'il voulait me saluer et partir :

— Je suis ravi d'avoir fait votre connaissance et d'avoir été là pour vous aider. Je dois partir, car le retard continue de me suivre à la trace... Un escargot ne devrait jamais être forcé de courir, c'est moi qui vous le dis !... Au revoir.

17h, j'étais assise dans la salle d'attente avec cette horrible envie de dormir qui me collait aux basques. Je tentais bien de réfléchir à ce que le médecin venait de m'annoncer, mais n'arrivais à en tirer aucune conclusion. Que devais-je faire ? Ma seule obsession était de surtout, ne rien dire à mes proches. Ce diagnostic m'effrayait, mais en même temps je ne pouvais y croire. À mon âge, être victime d'épuisement ! J'entendais d'ici la réaction de Jérôme et surtout celle de ma mère, sautant sur l'occasion pour me dire, une fois de plus : « Tu es née fatiguée ! »

17h35, arrivée en coup de vent de Jérôme avec 35 minutes de retard ! L'air égaré, il me cherchait partout, alors que j'étais quasiment seule dans la pièce. Après un second tour sur lui-même il finit par me repérer et me foncer dessus. Il se contenta de me gratifier d'un bref « Salut ! » et, au vu de ma position assise, d'une bise sur le front, puis s'empara de mes affaires en disant :
— On y va !

Dans le parking je fus contrainte de lui courir après et, comme il me distançait, je n'entendais que par bribes ce qu'il racontait :

— Foutu bordel pour se garer ! Sacrée bande de connards, tu peux me croire !... Je t'ai pas dit, au fait... Fachos... ! Tu ne crois pas ?

Je ne pus qu'ânonner des « on-on ...! », en pensant irrésistiblement à la drôle de phrase prononcée par Bony tout à l'heure : « Un escargot ne devrait jamais être forcé de courir ! »

Arrivés à sa voiture, une petite citadine bleue de 1996, il posa soigneusement mes affaires sur la banquette arrière mais omit de m'ouvrir la portière. A peine étais-je installée qu'il démarra en trombe et reprit son discours comme si de rien n'était. Mon bref séjour à l'hôpital ne semblait pas du tout l'avoir alarmé, ce qui me vexa énormément. Je comptais bien que cet événement le rende plus tendre que d'habitude, peut-être même qu'il nous rapproche... mais là, nous en étions loin.

Sa voix grave et nerveuse coupa à nouveau le cours de mes pensées :

— C'est de la folie, à la fin ! J'ai dû quitter le tournage en catastrophe. Tu sais qu'Eric, le Prod, a parlé de me remplacer ? À 360 Euros le cachet, je te prie de croire que je ne me suis pas laissé faire. Seulement j'ai dû lui promettre d'être de retour dans deux heures, et au fait, il ne reste que 40 minutes, alors je te dépose à l'appart et j'y retourne. En plus, la journée promet d'être longue. Ils veulent tourner un plan-séquence, et ça, c'est la merde à chaque fois. Je vais sûrement rentrer dans la nuit !

Bla-bla-bla... Sa voix ne cessait de me bourdonner aux oreilles, comme s'il voulait m'hypnotiser ! Il avait cette incroyable énergie des gens qui s'écoutent parler.

— Bon ! Alors qu'est ce qu'ils disent ? Ça va ?

Cette phrase qui, enfin, m'était personnellement destinée, me réveilla tout en m'angoissant, car je ne savais que lui répondre :

— Ben... Ça va oui...

— Tu pourrais m'en dire plus... Tu ne vois pas que je m'inquiète ?

Son brusque changement de ton me prit de court.

— Ben... Y a rien à dire, j'ai juste fait... un malaise vagal !

— C'est quoi ce truc ?

— C'est un malaise pouvant être dû à une activité excessive du système nerveux parasympathique... C'est courant et sans gravité apparemment !

Je ne pus me résoudre à lui en dire davantage car, sans autre preuve, il risquait de n'y voir chez moi qu'un signe de faiblesse.

— Ah bon...

Moi qui étais mauvaise menteuse, je semblais cette fois l'avoir convaincu car il se tut, et se referma complètement. Le silence régna de longues minutes, ce qui n'était pas bon signe. Il me déposa à une centaine de mètres de l'appartement. À l'arrêt, il m'embrassa du bout des lèvres en évitant mon regard et me lança, l'air contrarié :

— Fais chier. Tu aurais pu me dire que ce n'était pas grave. Je me suis foutu dans la merde pour rien ! T'aurais pu appeler un taxi !

À cette réflexion meurtrière, je ne pus que me demander ce que je pouvais bien faire avec un goujat pareil.

# 3

J'étais enfin au calme. J'avais fait le plus dur en appelant ma « boss » pour la prévenir de mon arrêt-maladie et comme prévu, ça ne c'était pas bien passé. Je savais qu'Isabelle n'accepterait pas sans sourciller mon absence. Elle s'était suffisamment vantée de n'avoir jamais manqué une journée de travail en 19 ans de carrière. Notre conversation, plus que froide, s'était conclue par un compromis, car il y avait toujours négociation avec elle : je pouvais rester deux semaines chez moi « bien au chaud », mais devais rester joignable 24h sur 24 en échange, m'avait-elle ordonné. J'étais ensuite passée prendre à la pharmacie les remèdes qui m'avaient été prescrits.

J'étais donc à présent confortablement assise dans la pièce que j'avais transformée en atelier, la seule que j'avais obtenu de décorer à mon goût lors de notre emménagement, où Jérôme avait insisté pour tout repeindre en blanc chirurgical. Je n'avais pas lutté, d'autant que j'appréciais maintenant la luminosité de l'ensemble, mais pour l'endroit où j'exerçais ma passion, c'était exclu. Pour dessiner et peindre j'avais besoin d'un cocon, d'un lieu plus chaleureux et paisible. Comme je commençais à somnoler dans mon vieux fauteuil, le téléphone sonna, sans même me faire réagir tant j'étais amorphe. Je répondis, d'une voix légèrement caverneuse :

— Allo !
— Salut Lou ! C'est Rebecca ! Tu vas bien ?
— Euh... Oui.
— Je ne te réveille pas !? me demanda-t-elle un peu gênée.
— Non, non !
— Dis-moi ma belle, je t'appelle parce que j'ai un artiste qui vient de se désister pour l'expo du 10 août à la galerie de Sète. Le pauvre vieux vient de faire un AVC, paraît qu'il n'arrive même plus à tenir un pinceau (le mot AVC me glaça le sang) ! Je voulais savoir si ça te dirait de le remplacer ? Il s'agit d'une exposition en binôme avec un artiste génial dont le thème est la féminité, corps et âme. J'ai tout de suite pensé à toi ! D'ailleurs je lui ai montré tes toiles. Alejandro, c'est son prénom, est à Paris en ce moment, et il adorerait faire équipe avec toi.
— Euh... Ben c'est-à-dire que tout de suite, je n'ai pas grand-chose de prêt, et comme c'est dans deux mois, ça me fait un peu peur ! Il te faut combien de tableaux ?
— Une dizaine serait l'idéal. Mais comme Alejandro fait des œuvres monumentales, avec huit petits formats, ça irait !
— Bon je réfléchis et je te rappelle !
— Dans la journée ma belle ! Ça urge !

— Ok ! Bise !

Dans l'état d'épuisement que j'avais atteint, sans un seul jour de répit, cette demande m'accablait. Réfléchir, trouver des réponses, des solutions, agir... C'était sans fin. Que lui répondre ?... Que j'étais malade et ne pouvais me mettre une expo sur le dos ?... Pourtant, « Féminité, corps et âme »... Quel sujet magnifique ! Ces mots parlaient à mon cœur. Alors que mon regard parcourait l'atelier et les toiles qui s'y trouvaient dispersées, un silence se fit en moi. Ce n'était qu'ainsi, à travers mes yeux, que le temps s'arrêtait enfin. « Tulla, ma belle », une toile faite environ deux ans auparavant alors que j'étais encore à l'école. Le sein gauche de Tulla, une élève de deuxième année, à peine caché par sa main droite... Le cœur...

Une heure était déjà passée, et la faim se fit sentir. Je pouvais manger seule, car Jérôme ne rentrerait pas avant le milieu de la nuit. J'ouvris le frigo et eus la bonne surprise d'y trouver des tomates et du fromage. Il restait même un beau bout de pain complet ! C'était inespéré, vu le peu de temps dévolu aux courses. Je me préparais une belle salade de tomates lorsque l'interphone sonna. Pas question d'y répondre : je voulais préserver un calme si chèrement acquis ! J'allais donc comme si de rien n'était me cueillir du basilic sur la terrasse, lorsque l'interphone sonna de nouveau. Je me penchai discrètement pour voir qui c'était. De mon cinquième étage, je ne distinguais pas les traits de l'homme en contrebas, mais j'étais sûre de ne pas le connaître. Il était grand, mince, avec de longs cheveux en bataille. Comme je ne répondais pas, il s'écarta légèrement et regarda vers les balcons, où j'avais eu le temps de me dissimuler. « Vas t'en ! » répétais-je tout bas. Au bout de quelques secondes, me redressant prudemment, je le vis revenir vers la porte et soulever un objet appuyé au mur. C'était un carré plat très encombrant. Comme il s'éloignait, je vis qu'il s'agissait d'une toile. Que venait-il faire avec cela chez moi ? Piquée de curiosité, je lui criai du balcon :

— EH !

Il leva les yeux vers moi et me salua de la main comme s'il me connaissait.

— Vous me cherchez ? lui lançai-je d'une grosse voix mal-aimable.

— Ça dépend ! Vous êtes qui ?

— Ben, Lou Tomas. Et vous ?

— Alejandro !

Mais que faisait-il ici ?

— Vous êtes l'artiste de la galerie Baudouin ? l'interrogeai-je, surprise.

— Oui ! C'est moi ! répondit-il visiblement réjoui et tout excité que je fasse le rapprochement.

— Montez ! 5e étage, porte gauche ! L'ascenseur est en panne !

— Ok, à tout de suite !

Le pauvre avait fait le déplacement croyant probablement à une réunion de travail, mais ce qu'il ignorait c'était ma décision, raisonnable, de décliner la proposition de Rebecca. Après mûre réflexion, je trouvais que monter une exposition dans mon état, avec une reprise de travail sous deux semaines, c'était de la folie, même si j'avais déjà pris trois semaines de congé en juillet… La sonnette retentit. « Déjà ? Il avait englouti les étages, ou quoi !? » J'ouvris la porte avec, je ne sais pourquoi, un brin d'appréhension. L'homme arborait un grand sourire. Il ne semblait pas du tout marqué par son escalade, il ne transpirait pas, ne soufflait pas ! D'habitude, nos invités arrivaient en nage, au bord de l'asphyxie. C'était d'autant plus surprenant qu'il portait un tableau d'un mètre carré : comment avait-il pu grimper si vite avec ?

« Bonjour ! » me lança-t-il. Me tendant une main, il serra la mienne puis, la recouvrant chaleureusement de l'autre, prit le temps de me regarder droit dans les yeux, ce qui me mit légèrement mal à l'aise. Dans la semi-obscurité du couloir, ses yeux me parurent noirs comme les ténèbres. Je l'invitai à entrer. Il me suivit sans s'essuyer les pieds ni ôter ses chaussures, chaussures dans un sale état d'ailleurs. On eût dit les godillots d'Oliver Twist, en cuir brun usé jusqu'à la corde. Je remarquai qu'il avait rafistolé un des lacets d'un simple nœud, le rendant plus court que l'autre. Il portait un jean trop large plein de taches de peinture, et un T-shirt kaki moulant ses biceps plutôt saillants. Il était musclé mais sec. Pas le genre bodybuilder, plutôt prof de yoga ou de karaté. Son T-shirt affichait en rouge l'inscription «Salvemos Wirikuta », avec au centre le dessin d'une sorte de cerf bleu... Plutôt psychédélique !

Je me dirigeai vers le salon mais me rendis compte qu'il ne me suivait pas. En fait, il restait planté au milieu du couloir ! Peut-être après tout était-il un peu « dérangé »? Déconcertée, je revins sur mes pas le chercher.

— Viens ! On va s'installer au salon si ça te va ?

— Euh, oui c'est parfait !

Il regarda d'un air un peu bizarre tout autour de lui avant de me suivre. Il avait l'air presque... inquiet, alors que sur le palier il m'avait paru très confiant. Je lui désignai pour s'asseoir l'un des deux grands canapés en cuir noir. Il le regarda quelques secondes avant de s'y poser du bout des fesses. Mais qu'avait-il ? Il semblait déstabilisé. Je savais bien que ces canapés « design » étaient tout sauf confortables, mais tout de même ! J'étais un peu décontenancée mais m'efforçai de rester courtoise et chaleureuse :

— Est-ce que je peux t'offrir quelque chose à manger ou à boire ?

— Oui je veux bien… De l'eau, s'il te plaît.

— Ça ne te dérange pas si je mange devant toi ?

Il me regarda, écarquillant les yeux.

— Non ! Pourquoi ça me dérangerait !

— Très bien ! J'arrive.

Dans la cuisine, je décidai de ne prendre que le pain et le fromage, car j'aurais craint, en mangeant la salade de tomates devant lui, de me tacher. Une carafe d'eau, deux verres et une bouteille de rouge : peut-être un petit verre de vin réussirait-il à le décontracter ? De retour au salon, le plateau dans les mains, je l'aperçus planté devant la commode laquée, en train de regarder les photos de vacances que j'avais encadrées. Pendant que je posais le plateau sur la table basse, il continua de faire le tour de la pièce en regardant les tableaux accrochés aux murs, comme s'il ignorait ma présence. Après quelques secondes d'attente je finis par interrompre sa visite des lieux :

— Je te sers ?

— Oui, merci.

Il prit tout son temps pour retourner s'asseoir et, cette fois, se cala confortablement au fond du siège :

— Alors Alejandro, qu'est ce qui t'amène ?

— Je venais pour l'exposition. Je me suis permis de t'apporter une de mes œuvres pour que tu voies ce que je fais. Cela me semblait nécessaire... Il faut savoir si ça te parle, avant de t'engager !

On aurait dit qu'il prenait cette exposition très au sérieux. Il n'était peut-être pas aussi désinvolte que son allure aurait pu le faire croire, après tout.

— Tu as sûrement raison... acquiesçai-je.

Mais pourquoi ne lui disais-je pas tout de suite que je ne ferais pas cette expo ? La curiosité, certainement. Je regardais la toile qu'il avait retournée contre le mur. Oui, j'étais très curieuse de voir ce tableau. Il m'intriguait vraiment.

Il but quelques gorgées d'eau et j'en profitai pour couper quelques bouts de fromage et manger un peu. Il rompit le silence :

— Tu n'habites pas seule ? Si ?

— Euh, je vis avec mon ami, Jérôme. Pourquoi ? lui demandais-je sans cacher que je trouvais sa question incongrue, voire déplacée, mais cela ne le démonta pas.

— Ça se sent ! Il y a une énergie très masculine ici !

— Ah bon !?

— Il n'y a pas de tableaux de toi dans cette pièce, n'est-ce pas ?

— Non, en effet !

— Hum... Bizarre non ?

— Ben pourquoi ? Ils sont dans mon atelier !

— Ah, tu les laisses dans leur couveuse. Ils n'ont pas le droit de quitter leur état de gestation ! dit-il en rigolant.

— Je n'avais jamais vu ça comme ça !

*Je trouvais sa réflexion plutôt... pertinente.*

— Un verre de vin ? lui demandai-je tout en m'en servant un.

— Avec plaisir, me répondit-il avec un charmant sourire qui illumina son visage.

Son assentiment m'arrangeait, tant j'avais envie d'atténuer ma gêne avec un peu d'alcool.

— À notre collaboration ! dit-il en levant son verre.

Je me rendis alors compte qu'il était beau garçon, bien qu'il semblât tout faire pour le cacher.

— À notre collaboration ! m'entendis-je répéter, un peu interloquée de me laisser gagner par son enthousiasme. Comment à présent lui faire saisir que finalement, je ne souhaitais pas me joindre à cette exposition ? Dans l'immédiat, j'optai pour un changement de conversation :

— Tu n'es pas de Paris, je crois ?

— Non je suis de Puebla, au Mexique.

— C'est marrant, tu n'as pas d'accent !

— C'est normal, j'ai vécu en France jusqu'à l'âge de 20 ans. Je suis métis. Ma mère était française et mon père mexicain.

— Était ? répétai-je avec le plus d'empathie possible, car je savais ce que cela laissait supposer.

— Mes deux parents sont morts en effet. D'ailleurs j'enterre ma mère demain.

— Oh, je suis vraiment désolée !

— Ne le sois pas, ce n'est pas de ta faute… c'est plutôt de la sienne ! ajouta-t-il laconiquement.

— Comment ça ? lançai-je, choquée.

— Oh… en fait, elle s'est volontairement détruite.

— Tu veux dire qu'elle s'est… suicidée ? lui dis-je à voix basse.

— Oh non rien d'aussi fulgurant ! Les choses sont bien moins romanesques… Il fit une pause et pris une grande respiration. Elle s'est laissé mourir à petit feu, démolie par ses émotions et par… l'alcool !

— Oh mon Dieu. C'est dur (je ne savais pas si je qualifiais ainsi la situation, ou bien la façon froide dont il jugeait la mort de sa mère).

— C'est un tel gâchis de vivre ballotté par ses névroses, pour soi et son entourage.

— Probablement, répondis-je gênée.

— Tu me montres ce que tu fais ? dit-il d'un air étonnamment joyeux après quelques secondes de silence.

— Oui, pourquoi pas.

Il me suivit le long du couloir éclairé par quelques spots. Dans cette lumière restreinte et cette plus grande promiscuité, je captais plus intensément la présence d'Alejandro, ses effluves, et une sorte d'électricité accompagnant chacun de ses mouvements. Cette sensation me dérangea. J'avais hâte d'atteindre mon atelier, refuge que j'imaginais salvateur. Ce fut le cas. Un coucher de soleil inondait la pièce d'une lumière chaude. Alejandro resta silencieux, debout à l'entrée, comme s'il découvrait un lieu secret et mystérieux. Sans rien dire, je commençai à mettre en évidence certaines des toiles qui étaient cachées. J'appréhendais toujours ce moment. Allait-il trouver simplistes, voire naïves, ces émotions, ces faiblesses, qui étaient pour moi si intenses ? Il se taisait. Ce n'était peut-être pas bon signe, mais au moins n'avait-il pas l'hypocrisie des gens qui trouvaient ça « génial » sans prendre le temps de regarder… Regarder vraiment ! Touchant du bout des doigts un mur que j'avais repeint à la chaux, il se dirigea vers le fauteuil au centre de la pièce. Mon vieux fauteuil préféré. Je me sentis émue de tendresse en le voyant se délecter du confort du cuir usé. Toujours en silence, il contempla les trois tableaux que j'avais positionnés devant lui. Son mutisme était en réalité de la « dégustation ». Je l'en remerciai intérieurement, et compris qu'il me fallait me taire. Je m'assis sur le grand canapé récupéré sur un trottoir du quartier, au grand dam de Jérôme, un soir où les encombrants devaient passer. J'étendis mes jambes pour m'allonger. Je me rappelais très bien la dispute que nous avions eue ce soir là. Je me souvenais de toutes nos très nombreuses disputes, c'était bien ça le problème… J'avais réussi à le traîner de force jusqu'à ce canapé pour qu'il m'aide à le monter à l'appartement. À l'époque notre ascenseur fonctionnait encore, mais Jérôme n'avait cessé de gémir d'avance d'avoir à le porter jusqu'à mon atelier ! Il faut préciser qu'il n'était pas très sportif et, pour tout dire, pas très musclé, mais bon, avec un peu de bonne volonté, je savais que c'était possible. Une fois face à l'objet, il avait été pris d'une crise d'hystérie : trop sale, trop vieux, trop « vivant » !…

Perdue dans mes pensées, je n'avais pas vu que la nuit était tombée.

Alejandro se leva et se tourna vers moi. Il me regarda, intensément. « C'est magique. Merci ! » Dit-il d'une voix extraordinairement douce. Il semblait comme… ressourcé. Il fit une pause puis regarda sa montre. « Il est presque 22 heures, je dois y aller. Je ne veux pas laisser ma mère toute seule, je dois la veiller. » Il se dirigea vers la porte sans m'attendre, mais me lança avant de franchir le seuil : « À très bientôt, alors. » Il se tournait de nouveau vers la sortie lorsque, sous une incompréhensible impulsion, j'interrompis son départ :

— Alejandro ! Est-ce que je peux venir à l'enterrement de ta mère ?
— Évidemment, oui ! me répondit-il sans même trouver ma requête étrange.

# 4

Il était minuit, et j'avais finalement travaillé deux heures sur un ancien tableau que j'avais à l'époque abandonné pour je ne sais quelle raison. C'était devenu une habitude chez moi de ne pas finir ce que je commençais. Après le départ d'Alejandro j'avais pris le temps d'explorer mon atelier, car j'étais sûre à présent de vouloir travailler avec lui. Avec un regard neuf, vivifié par cette rencontre, je m'étais rendu compte que j'avais déjà quasiment le nombre d'œuvres nécessaire. Le temps ne serait pas mon ennemi pour une fois. J'allais suivre son cours… tranquillement.

J'allais vérifier avant de me coucher si la porte d'entrée était bien fermée lorsque je vis la toile d'Alejandro. Zut, il l'avait oubliée ! Au moment de la retourner, je fus prise d'une légère angoisse. Et si son art n'était pas au niveau de l'impression très favorable qu'il m'avait faite ? Serais-je déçue ? Probablement. Mais ce ne fut pas le cas. J'étais estomaquée : un vrai direct au ventre ! Comment décrire cette œuvre majestueuse ? Une splendide femme brune aux cheveux lisses et au teint ambré était allongée, lascive, sur un serpent doré géant, dans un décor de jungle luxuriante. Commentaire bien réducteur comparé à mon ressenti, mais les mots me manquaient pour lui rendre justice. C'était indescriptible. La jeune femme portait autour du cou une grosse croix de saphir. Elle était gardée par un magnifique jaguar aux yeux émeraude, semblant prêt à bondir au moindre de ses faux-pas. La texture de peau de cette amazone et de son reptile était d'une incroyable finesse. Le tableau paraissait cousu d'or et de pierres précieuses. Il vibrait et foisonnait de détails et symboles. Alejandro avait dissimulé une carte de tarot dans un coin du tableau, « la Rueda de la Fortuna » : la Roue de la Fortune. En fait, on aurait dit une œuvre de Klimt, un de mes peintres préférés, mais en plus… vivant.

Je commençais à avoir sommeil et remis le tableau face au mur. Je découvris alors qu'Alejandro avait écrit derrière, au feutre rouge : « Regalo para Lou ! » Il avait une très jolie écriture pleine de boucles. Je pris mon portable pour regarder sur Internet le sens de 'regalo'. À ma grande joie, cette petite phrase voulait dire : « Cadeau pour Lou ! »

## 5

Je me tenais immobile sur le pas de la porte de la maison de mes grands-parents paternels près d'Avignon. Cette grande bastide avait autrefois été un moulin templier. C'était une belle demeure, mais depuis qu'elle était désertée elle me glaçait le sang. La façade était devenue triste. Les volets avaient perdu leur jolie peinture vert-de-gris et la glycine, qui faisait la fierté de mon grand-père, n'était plus que l'ombre d'elle-même, avec ses tiges ligneuses ressemblant à des serpents venimeux. Le temps se couvrit et le ciel prit une teinte étrange d'anthracite et de rose foncé. Je décidai de rentrer avant qu'un orage n'éclate. À ma grande surprise la porte d'entrée était ouverte. Lorsque je la poussai, mon cœur se serra. Une odeur suffocante de poussière et de mort régnait dans le grand hall. Les jambes me pesaient, la tête me tournait, mais ce n'était pas dû qu'à l'odeur. Quelque chose avait changé. Je ne reconnaissais plus vraiment l'endroit où, enfant, j'avais passé toutes mes vacances. Les murs étaient plus foncés et les tomettes avaient, semble-t-il, été remplacées par du parquet. Comment cela avait-il pu se faire ? Il me fallait pousser plus loin l'exploration pour comprendre ce qui s'était passé. Mes jambes semblaient ne pas vouloir me suivre. Elles ne répondaient plus aux ordres de mon cerveau ! Je les sentais terriblement lourdes, et bien que j'eusse voulu tourner à droite pour vérifier le salon, elles continuèrent tout droit vers le couloir. Le parquet bougeait ! Sous le poids de chacun de mes pas il semblait vibrer, tanguer plutôt, comme lorsqu'on marche dans une barque. Allais-je encore faire un malaise ? Auquel cas fallait très vite me tenir au mur. Je réussis à m'en approcher, mais lorsque je tendis le bras pour m'y appuyer, il le traversa. C'était impossible ! Je me mis à transpirer à grosses gouttes, et dus m'accroupir pour réfléchir. Lorsque je restais immobile, le sol ne bougeait plus. J'essayai de reprendre mes esprits pour saisir ce qu'il en était, mais tout était confus. Je me mis à repenser à la fois où avec quelques amis près d'Avignon, à 19 ans à peine, j'avais pris des champignons hallucinogènes. Mais cela remontait à loin, presque à une autre vie… Je fus soudain arrachée à mes pensées par un sifflement très aigu qui semblait provenir de l'arrière. Mon cœur battait la chamade. Y avait-il quelqu'un ? De secourable ou, au contraire, de malfaisant ? Le corps saisi d'agitation, je regardai partout sans voir personne. Aurais-je rêvé ? Mais non : un nouveau sifflement ! « Il y a quelqu'un ? » Pas de réponse. Le sifflement devint continu, plus doux. On aurait dit l'harmonieux mélange d'un crissement de serpent à sonnette et du bruit du vent dans les arbres. Bizarrement, cela me relaxa, et je sus que je n'avais rien à craindre. Je n'avais plus peur. Mes jambes avaient retrouvé leur mobilité, et le sol ne bougeait plus. Je pouvais continuer ma visite des lieux. Je fus attirée par la porte au fond du couloir. C'était celle du bureau de mon grand-père où, pendant plus de cinquante ans, il avait exercé son beau métier de médecin de famille. Il y était mort à 83 ans d'un arrêt cardiaque en lisant son livre fétiche, *Le Corpus Hippocratique*. Sur ma gauche, la porte du petit boudoir-bibliothèque était ouverte. Je revoyais avec tendresse mon grand-père faire la sieste sur le petit canapé deux places après qu'il ait pris soin de tirer les double-rideaux. Cela nous faisait beaucoup rire, mes cousins et moi, de voir papi plié en quatre pour dormir sur ce petit canapé de velours : *Que ce devait être inconfortable !* Pourtant tous les jours, pendant plus de 45 minutes, il parvenait à y ronfler comme un bienheureux. Je continuai mon chemin vers le bureau en pensant à tous les bons moments passés là. Mes grands-parents avaient été des guérisseurs pour mon âme. Ils avaient fait preuve avec moi d'une très grande patience, constamment doux et pédagogues, supportant toutes mes crises, mes silences, mes pleurs, mes révoltes. Ma grand-mère était la douceur incarnée. Une femme folle d'amour pour sa famille. Elle lui avait tout consacré avec une joie inaltérable. Grand-père, lui, était un grand homme dans tous les sens du terme. J'ai toujours eu pour lui beaucoup d'admiration. Son mètre 90, même au seuil du grand âge, lui donnait une stature impressionnante. Ma grand-mère disait qu'il ressemblait à De Gaulle... Et effectivement c'était plutôt vrai : petite moustache, grand nez, grande silhouette légèrement dégingandée... Avec, par contre, un look bien plus original ! Je l'avais toujours vu porter une veste à col mao avec un pantalon de velours. Un mélange bien à lui ! Un jour, encore petite, j'avais osé lui demander pourquoi sa veste avait un drôle de col, et il m'avait répondu en éclatant de rire qu'il en avait trouvé le premier exemplaire dans un pays lointain et que, comme jamais il n'aurait voulu oublier ce pays, il avait décidé de porter cette sorte de veste le restant de ses jours. Je sus plus tard que ce pays était l'Indochine, où il avait été mobilisé en tant que médecin de guerre à seulement 24 ans. Il en était rentré extrêmement marqué par les événements. De mon admiration et de mon amour je n'avais jamais pu lui faire part, car nous avions une relation plus intellectuelle que chaleureuse. Il nous disait toujours, à mes cousins et moi, que son rôle était de nous enseigner à être des adultes, et que cette maison était l'école de la vie et de ses responsabilités, dont la plus essentielle à ses yeux était le respect et le soin dû aux autres ainsi qu'à soi-même. Pendant plus de 15 ans j'avais passé toutes mes grandes vacances ici. Et pendant ces 15 années, je n'avais jamais réussi à "couper" aux corvées de vaisselle et d'épluchage de légumes. J'avais également dû, mais là avec grand plaisir, aller prélever tous les matins les œufs dans le poulailler et donner du grain aux poules, puis leur ouvrir l'enclos, car elles avaient, dans la journée, le droit de se promener dans le jardin de ma grand-mère. Cela m'obligeait à me lever vers 7h du matin et à foncer dehors "à la fraîche" après avoir sauté dans mes bottes en caoutchouc. Je ne m'en étais jamais plainte. Mon cousin David, quant à lui, avait une tâche bien plus complexe : Il devait ramener les volatiles à l'enclos le soir, et là, elles étaient franchement moins coopératives ! Je me souviens d'une petite poule blanche qui lui faisait toujours le coup de se cacher dans un arbre. Un matin, alors que j'ouvrais le poulailler et que je les comptais comme ma grand-mère me l'avait demandé, je remarquai qu'il en manquait une. Après vérification, je compris qu'il s'agissait de cette petite poule blanche, et fis le tour du jardin pour tenter de la récupérer, mais ne retrouvai finalement qu'un gros tas de plumes sous un arbre. J'allai immédiatement voir grand-mère pour éclaircir ce mystère. Elle convoqua mes cousins, et nous expliqua que la poule avait été tuée dans la nuit par un prédateur, car mon cousin ne l'avait pas rentrée. David, qui était plus âgé que moi, avait les larmes aux yeux, mais ne nia pas que depuis plusieurs nuits, il ne l'avait pas rentrée, car il avait perdu patience avec elle. Ma grand-mère lui répondit avec beaucoup de calme : « Tu n'y peux rien si elle a préféré sa liberté à ta protection ! Il faut respecter le caractère profond de chacun. Même celui des poules ! » Elle avait ainsi réussi à refaire sourire mon cousin et à lui éviter de se sentir trop coupable.

Les photos de famille accrochées aux murs témoignaient de tous ces moments de joie et d'harmonie. Toutefois, le temps était passé par là et avait occulté nos mémoires, comme il avait recouvert ces cadres de poussière. Mon regard poursuivant son exploration des murs, ce fut alors un choc de comprendre que la magnifique peinture à la chaux ocre, qui faisait tout le charme de la demeure provençale, avait été remplacée par un papier peint en velours rouge. Une vierge noire avait été posée sur le drapier de ma grand-mère. Elle n'avait jamais été là, j'en étais certaine, d'autant que mon grand-père avait toujours refusé à ma grand-mère ce genre de « bondieuseries », comme il aimait appeler ces objets de dévotion. La statuette semblait me fixer d'un air réprobateur, mais qu'avait-elle à me reprocher ? Je me rendis compte également que le sifflement redevenait aigu et désagréable. Il s'intensifiait. J'avais l'impression qu'il m'enjoignait de continuer vers le bureau, ce que je fis sans réfléchir. Il y avait de la lumière sous la porte et, sans doute, quelqu'un dans la pièce, je le sentais. J'ouvris tout doucement, et j'eus le choc de découvrir, en lieu et place du cabinet de mon grand-père, une sorte de cave éclairée à la bougie. Les murs étaient recouverts de pierre grise et le plafond, de la même matière, était voûté. Il n'y avait pas de fenêtre. Toutefois, je reconnaissais le fauteuil en cuir marron et le bureau en noyer de mon grand-père. Quelqu'un était assis là ! Cette personne me tournait le dos, je voyais ses bras maigres sur les accoudoirs. Elle fumait la pipe, et elle éclata de rire. Mais pourquoi ? C'était de la folie pure ! Je pris mon courage à deux mains et me plantai devant elle. C'était une vieille femme aux cheveux gris et bouclés. Très mince et vêtue de noir, elle portait un crucifix de saphir... Le même que le personnage du tableau d'Alejandro ! Elle tira de sa pipe une énorme bouffée qu'elle souffla sur moi, ce qui bizarrement ne me dérangea pas, bien que n'étant pas fumeuse. Cela sentait le cacao et l'encens. J'eus pendant quelques secondes l'impression d'être dans un nuage, et me détendis. Elle s'esclaffa encore : « Te voilà, mon enfant ! » Elle souriait. Elle avait la voix rauque des très gros fumeurs. D'un geste de la main elle m'invita à m'asseoir devant elle, puis me montra trois cartes posées sur le bureau. « Ton tirage est révélateur : La Maison Dieu - La Roue de la Fortune - Le Pendu. » Elle posa sa pipe dans une sorte de cendrier sculpté comme une cathédrale gothique, et reprit une carte dans la pile. Se redressant de son dossier, elle la fixa d'un regard sombre et inquiet, puis la tourna pour me la montrer : L'arcane XIII, La Mort. « Ta transformation doit avoir lieu ! Ou alors, c'est la maladie qui te l'imposera ! »

Elle retomba dans son fauteuil. Elle me parut très fatiguée, d'une maigreur squelettique. Elle reprit sa pipe, et n'ajouta rien d'autre. Comme elle soufflait à nouveau sa fumée sur moi, j'aperçus un serpent autour de son cou. Il était étrangement doré. Une lumière jaillit de ses orbites vides, puis se propagea à la vieille dame. Les sifflements reprirent, mais plus syncopés et accompagnés d'un battement, comme celui d'un cœur. Je touchai ma poitrine. C'était mon propre rythme cardiaque, amplifié par je ne sais quel sortilège. Ma cage thoracique allait exploser si je ne réussissais pas à me calmer ! Impossible…

Mon cœur s'arrêta, je m'écroulai à terre. Mon dernier souvenir fut celui d'un jaguar qui s'approchait de mon visage. Il avait de magnifiques yeux verts émeraude. Il était majestueux et terrifiant.

# 6

Je me réveillai en sursaut. J'étais en sueur de la tête aux pieds, comme un enfant qui aurait eu quarante de fièvre. Mon pyjama étant littéralement trempé, je voulus me changer, mais me rendis compte alors que la lumière du couloir était allumée, et qu'un drôle de bruit sortait de la cuisine. Est-ce-que je rêvais encore ? Je décidai d'aller voir sur la pointe des pieds. Plus je me rapprochais, plus le crépitement s'accentuait. J'entrai d'un coup, et découvris Jérôme en train de se faire cuire une énorme entrecôte. Il sursauta :

— T'es folle ! Tu m'as foutu la trouille ! Mais... t'es toute trempée, qu'est ce qui t'arrive ? T'es toute blanche !

— J'ai dû faire un cauchemar. Mais ça va mieux.

— Tu bosses demain ?

— Euh, non. J'ai pris deux semaines de RTT.

— Mais tu n'avais pas un gros client à finaliser ?

— Non, c'est bon. Je vais en profiter pour préparer une expo pour Rebecca.

— Cool ! J'espère qu'elle te vendra quelques toiles, ça nous payera des vacances ! Je pensais carrément aux Seychelles cette année. J'ai vraiment besoin de me retaper !

— Super idée ! lui répondis-je, feignant de mon mieux l'enthousiasme.

Depuis quelque temps, j'avais doucement pris conscience que quelque chose clochait entre nous, que mes paroles sonnaient faux. Je m'étais mise à simuler mes émotions, par fatigue peut-être, par commodité certainement. Je me demandais si Jérôme en était conscient. Peut-être ressentait-t-il le même malaise que moi ? Nous nous regardâmes un long moment sans rien dire puis, comme son morceau de viande commençait à griller, il jura : « Putain ! » puis, essayant tant bien que mal de le retourner avec une fourchette, reçut une giclée d'huile bouillante et se mit aussitôt le doigt sous l'eau froide.

— Tu manges de la viande à cette heure-ci ?
— Ben oui pourquoi ?!
— Non rien…

Je retournai me coucher sans rien ajouter.

# 7

Alejandro avait veillé sa mère avec sa sœur jusqu'à ce que celle-ci, vers minuit, décide d'aller dormir. Il était ensuite resté seul quelques heures devant le corps inerte, sans pouvoir s'empêcher de pleurer celle qui l'avait si mal aimé. C'était l'enfant en lui qui souffrait le plus de cette disparition. S'il avait beaucoup œuvré, et très tôt, pour son indépendance, la mort de sa mère ne lui laissait pas moins un goût amer. Quelle souffrance en elle avait bien pu être assez forte pour qu'elle rejette l'amour de son mari et de ses deux enfants ? Il savait qu'il n'aurait pu en être autrement et qu'il n'aurait rien pu y faire car, à la protection de son fils, elle avait préféré « la liberté de se détruire ». Mais aujourd'hui, face à son cadavre, sa culpabilité de n'avoir pu la sauver était immense. À moins de parvenir à se délivrer de ce sentiment, le fantôme de sa mère ne cesserait de le poursuivre.

## 8

7h du matin, mon téléphone vibra. Un SMS. Numéro inconnu.

« La cérémonie a lieu à l'Église Saint-Pierre Saint-Paul de Montreuil à 10h. Nous serions heureux de t'avoir parmi nous. J'espère que le tableau te plaît ☺ ? À tout à l'heure. Alej. »

Je tapai sur « Répondre » et commençais à écrire lorsque Jérôme fit un drôle de bruit : « grrrr ! ». Il se retourna vers moi et me regarda d'un air d'ours mal léché. « C'est quoi ce bordel ? C'est qui le con qui t'envoie un message à cette heure-ci ? Je me suis couché à 2h du mat', Lou ! Fais chier ! »

Je sortis du lit, portable en main. J'étais en petite culotte, ayant ce soir-là ôté mon pyjama pour me rendormir, mais pour une fois ma nudité de me dérangeait pas. Je me fis couler un café et m'installai sur un tabouret près de la fenêtre. La matinée était déjà très belle. Malgré le mauvais rêve que j'avais fait, je me sentais étonnamment bien. Je bus mon café paisiblement en regardant dehors, puis répondis à Alejandro.

« À tout à l'heure, et merci pour le tableau : Il est magnifique ! Je ne sais vraiment pas comment te remercier ». J'avais à peine reposé mon portable sur le bar de la cuisine qu'il vibra de nouveau : « Me faire un sourire aujourd'hui ! ». Je souriais déjà, en fait, et sans raison ! Ce qui, je m'en rends compte, ne m'était pas arrivé depuis longtemps…

Ce matin-là je quittai l'appartement, pleine d'entrain, sans prendre les médicaments qui m'avaient été prescrits. Je me sentais revivre.

## 9

J'arrivai à Montreuil avec un peu de retard, car j'étais passée juste avant déposer une annonce à l'École Nationale des Beaux-arts, en quête d'un modèle féminin pour mes prochaines œuvres. Je me retrouvai sur le parvis de l'église Saint-Pierre/Saint-Paul vers 10h30, honteuse de risquer d'interrompre la messe. J'hésitais. J'étais troublée et en venais à me demander ce que je faisais là. Après tout, je n'avais jamais rencontré cette femme. Pourquoi honorer une morte que l'on n'a pas connue ? Mes réflexions furent brusquement interrompues par un homme porteur d'une caméra qui, me bousculant sans vergogne, poussa le portail pour entrer. Alors, sans plus attendre, j'entrai aussi.

L'église était majestueuse, ses volumes impressionnants, et la lumière qui entrait par ses vitraux douce et accueillante. Toutefois le froid qui y régnait contredisait cela en me remplissant d'inconfort, sensation renforcée par le fait que la nef semblait incroyablement grande et vide, seules une trentaine de personnes assistant à la cérémonie. Je me souvins alors de la messe que ma grand-mère avait organisée à la mort de mon grand-père. Comme elle avait craint pour le salut de son âme, elle n'avait pas hésité à passer outre ses dernières volontés d'exclure toute cérémonie religieuse. J'avais mis mon veto, mais une grande dispute familiale s'en était suivie, si bien que j'avais dû faire mea culpa et, pour sauver la face, aller à l'église comme tout le monde. Le fait que papi ne s'estimât pas catholique n'avait eu aucune importance. À cette occasion, j'avais pu constater que la Mort avait le pouvoir d'ébranler même les gens les plus forts. Le jour J, la petite église des Angles était pleine à craquer. De nombreux habitants des villages alentour, venus saluer une dernière fois mon grand-père, avaient même dû attendre à l'extérieur le cérémonial d'aspersion du cercueil. Mais ici, rien de comparable !

Alejandro, qui était au premier rang, se retourna et me fit signe de le rejoindre. Il avait l'air étrangement joyeux. Il me fit place en demandant à sa voisine de se décaler. Je me retrouvai face au cercueil, tétanisée. Alejandro se tourna vers moi et me toucha l'avant bras :

— Ça va ?

— Euh, oui, je te remercie. Et toi, comment vas-tu ? Ce n'est pas trop dur ?

— Oh non ! Il fit une pause puis reprit, changeant de sujet : T'inquiètes pas, la cérémonie est bientôt terminée ! On lui a demandé de faire court.

— A qui ? Au curé ?!

— Ben oui !

Il n'avait pas l'air de trouver sa réflexion

blasphématoire. J'étais depuis toujours une athée convaincue mais là, il y allait fort ! Je me rendis compte que malgré mon "coup d'éclat" pour l'enterrement de mon grand-père, je restais gênée d'entendre quelqu'un d'autre critiquer les religions et leurs rituels, même ceux que je trouvais complètement dénués de sens. J'avais peur qu'il ne s'agisse là, pour le moins, d'immoralité ou d'intolérance. Mon incohérence à ce sujet me sauta alors au visage. Les questions se bousculaient en moi. À partir de quel point peut-on se dire intolérant ? Est-ce moi qui l'étais avec lui, ou lui avec l'Église ? Que faisions-nous là, alors que le propre fils de la défunte n'avait qu'une seule idée en tête, en finir au plus vite ? Je ne savais plus trop…

Finalement j'eus l'idée de passer en revue, discrètement, les autres personnes présentes. La jeune femme voisine d'Alejandro, celle qui s'était décalée pour me faire une place, avait une trentaine d'années et lui ressemblait beaucoup. Elle avait comme lui les cheveux épais et châtain clair, très longs et bouclés, et le même regard sombre. Un banc plus loin étaient assis deux jeunes hommes petits, plutôt robustes et forts bruns, paraissant dans les dix-huit ans. À côté d'eux, une adolescente coiffée d'une grande natte noire n'arrêtait pas de balancer ses jambes ; derrière eux, un couple avec une petite fille et, plus loin, un homme seul, un bébé dans les bras. Cette aile droite de l'église semblait dévolue à la branche « mexicaine » de la famille. De l'autre côté, l'aile gauche rassemblait la branche « française ». Je commençais à observer cette dernière lorsqu'avec stupéfaction, au troisième rang, j'y reconnus Lesage ! Mais que faisait cet ancien Président de la République à des funérailles aussi confidentielles ? Je n'en revenais pas ! Je m'aperçus alors que la cérémonie était filmée par France 3-Île-de-France. Il faut croire qu'un élément d'information m'échappait concernant la mère d'Alejandro. Tandis que j'étais dans mes pensées, le curé invita l'assemblée à saluer une dernière fois la défunte. Tous se levèrent et se mirent gentiment en file indienne. C'est à ce moment-là qu'Alejandro, me prenant par la main, m'entraîna vers la sortie.

Dès que nous fûmes dehors il me lança dans un grand soupir, tel un petit garçon enfin autorisé à quitter la classe :
— Tu vois je te l'avais dis que ce ne serait pas long ! Ouf, quelle chance !
— Euh, ouais… Je ne savais vraiment pas quoi lui répondre.
— Oh, tu sais, tu peux te détendre là-dessus avec moi ! Je suis entièrement d'accord avec toi sur le non-sens des cérémonies religieuses. Ma mère faisait une fixette sur le Christ, donc Paix à son âme, on a fait ce qu'il faut pour que son

« Dieu » daigne l'accueillir, mais crois-moi, comme toi j'y vois beaucoup de bruit pour rien !

Pourquoi donc proclamait-il son accord avec moi alors que nous n'avions jamais abordé la question ? D'où tirait-il mon opinion sur la religion catholique, ou sur la religion en général ? Je devais toutefois reconnaître qu'il voyait juste. Il y avait bien trop d'incohérence dans ces traditions et, au vu des douleurs que les humains s'infligeaient les uns aux autres, j'avais peine à trouver vraisemblable que nous puissions être les enfants bien-aimés d'un Dieu. J'avais plutôt tendance à croire qu'au fur et à mesure du développement de sa conscience, l'Homme avait, pour se rassurer, inventé des concepts tels que la vie après la mort, Dieu…

Les gens sortaient petit à petit après avoir fait un signe de croix sur le cercueil de la défunte. Le caméraman de France 3 était aussi sorti précipitamment pour pouvoir filmer l'ancien président. Celui-ci arriva peu après, des lunettes de soleil sur les yeux. Il serra la main d'Alejandro puis la mienne en me présentant ses sincères condoléances. Puis, passant son bras sur l'épaule de sa femme, il se dirigea vers sa Mercedes garée devant le parvis. Entre temps, la femme qui avait été assise auprès d'Alejandro nous avait rejoints, un bébé dans les bras. S'approchant de lui, elle lui dit à l'oreille, doucement mais avec reproche : « Tu es parti comme un voleur ! Tu exagères ! » Tous les gens qui sortaient me serrèrent la main et après m'avoir dit, comme si j'étais de la famille, un petit mot gentil, s'en allèrent rapidement. Au bout de dix minutes il ne restait plus qu'une dizaine de personnes, des parents vraisemblablement. Nous fûmes invités par l'assistant des pompes funèbres à le suivre au cimetière en formant un petit cortège derrière le corbillard. Celui-ci démarra lentement, pour qu'au début nous puissions le suivre, puis se fondit dans la circulation.

## 10

La mère d'Alejandro possédait une maison de ville magnifique où nous nous retrouvâmes après le cimetière. Elle était faite de briques rouges avec une grande annexe type ancien atelier couverte de baies vitrées en fer forgé vert amande. La cour était plantée d'une végétation luxuriante qui procurait une fraîcheur très agréable en cette fin de juin. Plusieurs tables couvertes de nappes blanches avaient été dressées, et des bouquets de fleurs sauvages, apparemment réalisés par les enfants, disséminés un peu partout.

Des gens qui n'étaient pas venus à l'enterrement, et ils étaient nombreux, s'affairaient pour disposer de sublimes mets sur les tables. Une grosse dame au teint mat et une femme blonde aux cheveux bouclés, retinrent particulièrement mon attention. D'abord parce qu'elles n'étaient pas en deuil, arborant au contraire d'amples jupes très colorées et des chemisiers blancs. Mais ce qui me rendait leur observation si agréable était leur évidente complicité. Elles ne cessaient de rire ensemble, de se montrer les gâteaux qu'elles avaient confectionnés, de parler chiffons… comme les meilleures amies du monde. Or j'appris après coup qu'elles se voyaient tout au plus une fois l'an, l'une étant mexicaine, l'autre française. Les enfants, qui avaient quitté leurs vestes de costumes, leurs nœuds papillon et leurs chaussures de ville trop inconfortables, couraient partout : les garçons pour se chamailler, les filles pour les en empêcher. La jeune femme qui était assise sur notre banc dans l'église s'était installée, pour allaiter son bébé, dans un fauteuil d'osier à l'ombre d'un figuier. Son mari, sortant une bouteille de tequila, se mit à remplir plusieurs petits verres. Les français qui lors de la cérémonie, peut-être par convention, m'avaient paru plus froids que les mexicains, se mêlaient à présent à eux en toute décontraction ! Un vieux monsieur taquinait le mexicain à propos de l'alcool qu'il avait apporté. J'étais peut-être restée dix minutes à l'entrée de la cour à observer ce petit monde, lorsque je réalisai qu'Alejandro avait disparu. Pour partir à sa recherche à l'intérieur de la maison, je me dirigeai vers la porte que les dames empruntaient depuis tout à l'heure. Elle ouvrait sur une grande cuisine aux meubles blancs. Les plans de travail somptueux semblaient être en ardoise. Devant l'îlot central, regroupant les plaques de cuisson, se tenait un homme très grand et robuste à la crinière de lion. Je le regardais s'activer à mettre tout un tas d'ingrédients dans sa marmite lorsque quelqu'un me toucha doucement l'épaule. C'était la femme qui allaitait quelques instants avant :

— C'est Lino, le frère de maman. Au fait, je suis Guadalupe, la sœur d'Alejandro me dit-elle en me serrant la main. Tu as remarqué qu'Alejandro a les mêmes cheveux que lui ?

— C'est vrai, tu as raison. Je m'appelle Lou et... je suis sincèrement désolée pour la mort de votre mère.

— Je te remercie. C'est triste, même si je ne l'avais pas vue depuis 10 ans... Mais la vie est ainsi... dit-elle songeuse. Si tu cherches Alejandro, je suis quasiment sûre qu'il est dans le bureau de maman. Tu le trouveras en tournant deux fois à droite et en suivant la Vierge, me dit-elle avec un petit sourire.

Guadalupe me montra la porte à emprunter. Son seuil franchi, on se trouvait dans un couloir lumineux aux murs blancs. Je pris donc vers la droite, et passai devant un meuble blanc mouluré sur lequel étaient disposés plein d'objets en verre et en plaqué or. Il y avait des angelots, des Christ en croix, des oiseaux en porcelaine, et une foule d'autres breloques. Au mur étaient fixées de nombreuses photos que je décidai de regarder, ce qui, vu la gentillesse de la famille, avait peu de chances d'être mal pris. Au bout de quelques secondes, je compris pourquoi un journaliste de France 3 était venu à l'enterrement de la vieille dame. La maman d'Alejandro était en réalité Maria Teresa, la grande astrologue qui passait à la télévision lorsque j'étais enfant. Elle était là, photographiée auprès de nombreux hommes politiques et célébrités. Je n'en revenais pas ! Alejandro était le fils de Maria Teresa ! Il n'y avait que des photos d'elle jeune. Peut-être, ne supportant pas de se voir vieillir, était-elle restée fixée sur cette période de gloire ? Alors que j'allais poursuivre mon chemin, je vis, droit sous mon nez, une image de la Vierge à l'Enfant. J'étais donc sur la bonne voie. Je tournai de nouveau à droite et me retrouvai face à une porte close. J'allais l'ouvrir lorsque j'eus un drôle de pressentiment. Inexplicablement, j'avais l'impression que cette porte cachait un mystère... Quelque chose d'étonnant que mon esprit appréhendait et refusait de voir. Je me ressaisis et, appuyant d'un coup sec sur le loquet, découvris avec soulagement qu'elle ouvrait sur un simple couloir. Enfin en apparence... car à bien y regarder, ce couloir avait quelque chose de spécial : il ressemblait à celui de mon rêve ! Parquet de bois foncé, papier peint de velours rouge, et puis, dans une niche, une vierge noire qui m'observait. Prise de panique, je courus vers la porte suivante, et déboulai dans le bureau comme une furie. Alejandro, qui était debout dans la pièce, ne sursauta pas en me voyant surgir ainsi :

— Il fout la trouille ce couloir, hein ?
— Euh... Oui... Un peu !

Essayant de cacher mon inquiétude et ma joie de le trouver enfin, je replaçai une de mes mèches de cheveux qui s'était envolée dans ma course et lui lançai l'air de rien :

— Je te cherchais justement !

— Eh bien, on dirait que tu m'as trouvé ! Une petite pause, et il reprit : Je regardais un portrait que j'avais fait de ma mère, il y a environ deux ans.

Une de mes toiles les plus difficiles à achever. Après une nouvelle pause avec, me sembla-t-il, les larmes aux yeux, il reprit, comme pour clarifier ses pensées :

— Comment peindre la souffrance de l'âme ? Comment insuffler l'espoir à quelqu'un qui s'estime maudit et condamné ? Tu sais, toi ?

Tout en l'écoutant je me rapprochais de lui tout doucement, jusqu'à ce que nous fussions côte à côte. C'est alors que je vis le portrait, et faillis m'écrouler. Avec une rapidité incroyable Alejandro me rattrapa, et m'installa dans un fauteuil à quelques mètres. Maria Teresa était en fait la femme de mon rêve, celle-là même qui m'avait tiré les cartes ! Impossible, puisque je ne l'avais jamais vue âgée ! Il n'y avait d'ailleurs aucune ressemblance entre cette vieille dame ridée et squelettique et la Maria Teresa pimpante des plateaux télé. On eût dit qu'en l'espace de 10 à 15 ans, elle avait vieilli de 40. Alors comment mon inconscient avait il pu créer un personnage aussi ressemblant ? La tête me tournait. Assailli par trop d'informations bizarres, mon cerveau saturait !

— Est-ce que ça va ? me demanda complètement paniqué Alejandro, le teint étonnamment pâle et les yeux encore rougis des larmes pour sa mère. J'avais maintenant plus peur pour lui que pour moi, car pour la première fois il m'apparaissait vulnérable. Ce n'était pas l'image qu'il m'avait donnée jusqu'alors.

— Oui je crois. Excuse-moi, je suis un peu malade en ce moment. Mais ça va déjà mieux à présent ! m'empressais-je d'ajouter pour le rassurer, réalisant au même instant combien j'avais à cœur qu'il se sente bien, qu'il ne souffre pas. Je ressentais un lien très fort avec lui, comme avec... une âme-sœur. Je ne le connaissais pratiquement pas, et cependant voulais le meilleur pour lui. Cette connexion était très étonnante, comme celle, parallèle, d'avoir rêvé de sa mère sans l'avoir jamais vue.

— Tu es sûre que ce n'est que ça ? On dirait que tu as vu un fantôme.

— Non ! Pas du tout ! Ne t'inquiète pas.

— Tu veux boire quelque chose ? Un verre d'eau ? Un verre de whisky ? me dit-il souriant, tout en inventoriant le bar de sa mère. En fait, je n'ai à te proposer que du whisky ou du coca dégazé !

— Euh, le choix est difficile ! Disons whisky ?

— C'est parti pour un whisky, alors !

Il nous servit, s'assit dans un fauteuil face à

moi, leva son verre à notre amitié, puis entra dans un silence reposant et mélancolique. Je mis à profit cette trêve pour examiner cette grande pièce pleine de baies vitrées, servant vraisemblablement de bureau et d'atelier. Quelques toiles d'Alej ornaient les murs, une ou deux autres en cours de réalisation reposant sur des chevalets. On eût dit que la mère et le fils avaient partagé cet espace. Le fond de la pièce était occupé par un grand bureau couvert de livres et de dossiers, et par une énorme bibliothèque en acajou, tellement haute qu'une échelle y était apposée pour atteindre les rayons les plus élevés. En plus des tableaux d'Alejandro, dont je reconnaissais le style entre tous, il y avait de nombreuses représentations de l'univers de l'Astrologie et des Tarots. Je reconnaissais les signes du zodiaque, mais également des cartes du ciel. Je me rendis compte que lors de cet inventaire, j'avais inconsciemment exclu le portrait de Maria Teresa, ce qui joua comme un défi : je devais absolument affronter son regard ! Combien tortueux pouvait être le cerveau humain : avais-je peur qu'elle soit la femme de mon rêve, ou craignais-je d'être sujette aux hallucinations ? Il fallait tirer cela au clair. Je me levai pour voir la toile de plus près. Après tout ce n'était qu'un objet inoffensif. À deux mètres de distance, je n'eus plus aucun doute : Maria Teresa m'avait bien « visitée » dans mon sommeil. Je ne pouvais le justifier, mais c'était amplement prouvé par le talent qu'avait Alejandro de rendre palpable l'âme d'une personne, restituant le même regard à la fois vide et brillant d'un feu destructeur. La Maria Teresa de mon rêve m'avait toutefois parue plus apaisée. N'était-ce pas là ce que les croyants attendaient de la mort, un apaisement, l'arrêt des combats du monde matériel pour atteindre un monde immatériel plus clément ? J'avais le pressentiment de vivre une période charnière de ma vie, où Alejandro et sa famille allaient jouer un rôle majeur. Pourquoi avais-je fait ce rêve ? Qu'avait-elle voulu me dire ? Pourquoi avoir proféré que ma transformation devait avoir lieu, sinon la "Mort" me l'imposerait ? J'avais le sentiment qu'à travers ce conseil, elle me parlait un peu d'elle-même et de son vécu. Mais pour m'en assurer, j'avais besoin d'en savoir davantage à son sujet :

— Alejandro ?

Il me sembla le sortir de bien tristes pensées.

— Oui, Lou.

— Est-ce que tu accepterais de me parler un peu de ta mère ? Que lui est-il arrivé exactement ? lui demandai-je avec le plus de douceur possible.

— Eh bien elle est morte... d'une rupture d'anévrisme, très exactement.

— Quel âge avait-elle ?

— 64 ans.

— Elle a souffert, tu crois ?

— Cela dépend ! À sa mort non, je ne crois pas, mais avant, oui... beaucoup.

Il parlait de tout cela avec un tel aplomb que j'en venais à me demander s'il n'exagérait pas un peu. Peut-être était-il en colère contre sa mère d'être partie trop tôt ? C'eût été humain ! Comme pour s'en libérer, il se mit alors à me la décrire.

— Tu sais, ma mère était une femme très brillante. Elle était très sensible. Elle avait été passionnément amoureuse de mon père, et avait mis beaucoup d'espoir dans leur amour. Ils s'étaient rencontrés dans un petit café d'étudiants à la fin des années 70 à Paris. Ma mère faisait des études d'Art et mon père de Droit. Elle était française et sans le sou -elle s'appelait alors Thérèse-, lui était mexicain et fortuné. C'étaient deux mondes opposés, mais ils n'avaient pas le moindre doute sur le pouvoir de leur amour. Après ses études, mon père était censé retourner au Mexique pour aider mon grand-père dans l'entreprise familiale. Il avait beaucoup misé sur lui pour faire passer cette entreprise dans l'ère de la modernité. Toutefois, mon père n'avait pas hésité à épouser ma mère en France et à y rester pour elle, puis pour nous. Je crois que cela avait brisé le cœur de mon grand-père à l'époque. Je sais, par les dires de mon père, que la situation s'était très vite dégradée. Il avait néanmoins tenu bon, mais alors que j'avais 8 ans et ma sœur 10, ma mère nous a tous littéralement abandonnés sans explication. Nous sommes restés en France avec papa une dizaine d'années, afin que nous puissions finir nos études, puis nous sommes retournés tous les trois au Mexique et n'avons plus eu de contact avec elle. De toute façon, elle n'avait jamais vraiment été une mère pour nous. Elle passait sa vie dans son bureau parmi les astres. Elle ne sortait que pour ses fêtes mondaines dans le gratin politico-médiatique. Elle était obsédée par sa carrière. Ma mère était très énergique et passionnée, mais était également hantée par son passé. Mon père avant de mourir nous avait demandé, à ma sœur et à moi, de faire la paix avec elle, car il la savait victime de son histoire. Il nous apprit alors qu'étant enfant, elle avait été violentée, physiquement et psychologiquement, par son propre père, et qu'en réaction elle n'avait eu de cesse de vouloir montrer au monde entier qu'elle valait quelque chose. Il n'avait pas réussi à lui faire comprendre qu'elle n'avait rien à prouver. Malgré la requête de mon père, ma sœur rompit définitivement avec elle. Moi, je suis revenu en France il y a deux ans pour voir si je pouvais lui pardonner, et… je l'ai retrouvée rongée et anéantie par l'alcool. Sa carrière au passage avait volé en éclats. Il prit une grande respiration. Tu sais, mon père lui est resté fidèle jusqu'au bout, malgré leur séparation.

Les battements de mon cœur étaient devenus irréguliers au fil de cette émouvante histoire. Je n'avais pas quitté des yeux Alejandro, qui s'était lui aussi décomposé au fur et à mesure de son récit. Il se leva et quitta la pièce sans me regarder : « Excuse-moi, je dois te laisser. » Je ne pouvais pas lui en vouloir, car je savais qu'à cet instant il avait besoin de se retrouver seul, sans doute pour pleurer.

Je restai sans bouger quelques instants, ne sachant que faire. C'est alors que je vis, posé sur la table basse devant moi, un très joli jeu de Tarot de Marseille. J'eus aussitôt envie de le toucher. Jamais, auparavant, je n'avais été attirée par les arts divinatoires. Comme tout le monde, je lisais bien sûr mon horoscope dans les journaux gratuits distribués dans le métro, mais rien de plus. Alors que je touchais le cuir recouvrant le verso des cartes, la fantaisie me prit d'en tirer quelques-unes, même si je me savais incapable de les interpréter. Ma première carte fut La Maison-Dieu, figurant une tour dont deux hommes semblaient tomber. La seconde fut La Roue de la Fortune. Elle représentait une étrange roue avec de petits monstres accrochés dessus. La troisième carte fut Le Pendu. Je me mis à trembler, me souvenant que le tirage de mon rêve était identique. La quatrième carte devait donc être La Mort ! Je n'arrivais plus à contrôler les tremblements de ma main. Je voulus prendre une carte, mais décidai de la reposer pour une autre : c'était La Mort ! Les quatre cartes étaient là devant moi comme le destin l'avait prévu ! Je les regardai un long moment, et me rendis compte que sans le vouloir, je les avais disposées en triangle. C'est alors que Guadalupe entra dans la pièce :

— Alejandro m'a demandé de te tenir compagnie !

— Il va bien ?

— Oui ça ira. Il nous faudra à tous un peu de temps pour s'y faire. Tiens, tu te tirais les cartes ?

— En fait, je ne sais pas trop comment ça marche. Je les ai tirées au hasard.

— C'est parfait. Tu veux que je te les interprète ?

— Tu pourrais faire ça ?

— Oui. Thérèse m'a appris. Elle regarda attentivement les cartes puis reprit : alors qu'avons-nous là ? La Maison-Dieu représente en toute logique un accident qui vient de t'arriver. Est-ce que tu as eu un accident ? Peut-être un problème de santé ?

— Euh oui, je suis tombée salement dans les pommes, il y a deux jours.

— D'accord. C'est ça ! Ce doit être lié à un problème de grande fatigue morale et physique car cela marque la fin d'une ambition démesurée, probablement professionnelle mais pas seulement...

— Ah bon ?!

— Oui c'est ça. La Roue de la Fortune, quant à elle, nous montre que depuis cet accident les choses s'enchaînent très vite, et que tu vas vers un changement qui pourrait être positif. Mais les conditions requises sont illustrées par le Pendu. Celui-ci est un appel au lâcher-prise, à la confiance et au repos.

— Ben ça tombe bien, le médecin m'a donné un arrêt-maladie de deux semaines ! lançai-je en rigolant.

— Alors il va falloir en profiter pour faire le point calmement, car l'Arcane sans Nom veille au grain !

— C'est quoi, l'Arcane sans Nom ?!

— C'est la Mort ! Mais pas d'inquiétude, c'est juste un symbole pour confronter les gens à leur nécessaire transformation. En réalité, cette carte veut juste te dire que le changement est en marche et que rien ne pourra l'empêcher. C'est dans la nature du monde, tout est en mouvement, tout se transforme. L'été est remplacé par l'automne, qui sera lui-même remplacé par l'hiver etc. Mais tu es mise en garde ! Ce changement pourrait s'avérer négatif si tu ne sais pas te renouveler, si tu ne sais pas en finir avec le passé. L'idée étant dans le fond de pardonner aux autres et à soi-même, pour que chaque jour puisse être un jour nouveau. Ainsi seulement peut-on véritablement créer et se réinventer. C'est une belle leçon… Elle fit une pause pour, me sembla-t-il, réfléchir à ce qu'elle venait de dire, puis reprit.

— Voilà tout ! Elle me regardait maintenant droit dans les yeux avec un léger sourire : c'est un très bon tirage !

— Ah bon, tu trouves ?

— Oui ! Il est plein de bon sens ! Je suis sûre que si tu avais parlé quelques minutes de ta vie avec mon mari il t'aurait donné exactement les mêmes conseils que ce jeu.

— Tu n'as pas l'air de prendre cela aussi sérieusement que ta mère ?

— Dieu merci ! s'esclaffa-t-elle. Ce n'est qu'un jeu d'intuition, très intéressant certes, mais qui ne pourra jamais remplacer la connexion à soi.

Elle était bien la sœur d'Alejandro ! Ces deux là m'épataient. Je ne comprenais pas un quart de ce qu'ils disaient, mais je sentais qu'à chaque fois ils touchaient des vérités, dont j'espérais un jour découvrir les clés.

— Il n'est pas loin de 14 h, tu dois avoir faim ? Allons goûter ce que mes tantes nous ont préparé. Tu vas voir, ce sont de vrais cordons bleus !

— Avec plaisir ! C'est vrai que maintenant que tu en parles, je me rends compte que j'ai une faim de loup !

— Tant mieux ! Cela va leur faire plaisir. Elles aiment les invités gourmands !

Nous repassâmes par le couloir à la Vierge noire, et je ne pus m'empêcher d'avoir un frisson dans le dos. Arrivées devant la double porte de la cuisine nous vîmes Alejandro en pleurs dans les bras de son oncle Lino. L'homme était immense, si bien qu'Alejandro semblait encore plus fragile. Guadalupe continua son chemin. Je la suivis sans m'arrêter, mais le désarroi de mon nouvel ami me brisa le cœur et je dus étouffer un sanglot. Guadalupe l'entendit et se retourna vers moi pour me prendre la main et m'expliquer avec tendresse :

— Tu sais, le plus dur pour Alej et moi c'est de n'avoir pas eu le temps de nous excuser auprès de notre mère d'avoir dû l'abandonner.

— Mais je croyais que c'était elle qui était partie ?

— Ce n'est pas celui qui quitte une maison qui part, mais celui qui n'y revient pas, pour de bonnes raisons et sans regrets. Ce qui n'était pas le cas de ma mère, mais bien le nôtre ! Car lorsque nous sommes partis au Mexique avec papa, nous savions que nous prenions la bonne décision, et je dois dire que les dix années que j'ai passées loin d'elle ont été les plus heureuses de ma vie. Maintenant, il ne nous reste plus qu'à ne pas culpabiliser de ce choix, afin que les prochaines années soient heureuses également !

Tout en parlant elle m'avait conduite jusqu'à la cour, où tout le monde semblait vivre cette journée comme n'importe quelle réunion de famille. La mexicaine à la jupe colorée passa devant nous, et nous invita à nous servir. Les tables étaient couvertes de magnifiques mets colorés. Étant végétarienne j'avais peur de devoir refuser, mais comme j'avais faim et frôlais l'hypoglycémie, je suivis Guadalupe vers les buffets. À mon grand plaisir, les salades abondaient. Tomates, avocats, mangues, autres fruits et légumes se suivaient en farandoles. « Mange ! Tu es trop maigre ! » me lança Guadalupe sur un ton de "mère poule". Je fis honneur aux cuisinières car, pour une fois depuis longtemps, j'avais un appétit d'ogre. Nous allâmes nous asseoir près de son mari, qui était en train de balancer de son pied nu le landau du bébé posé à terre. Nous nous contentâmes de manger en silence, tout en regardant jouer les enfants déguisés en squelettes. C'était une situation plutôt étrange pour moi, d'autant qu'à ma grande surprise je me sentais très bien, malgré ce remue-ménage et l'étrangeté de la situation. Je finissais mon assiette lorsqu'Alejandro apparut dans la cour, les yeux rougis de larmes. Il avait l'air vidé, comme un enfant après une grosse crise de pleurs. Il alla calmement s'installer sur un banc à l'écart. Assis jambes écartées, les coudes sur les cuisses, il avait joint ses mains comme pour prier. Il semblait absent, imperméable à toute l'activité extérieure. Les enfants sortirent de la cour en courant et se mirent à lancer des pétards. Quelques adultes allèrent voir ce qu'ils faisaient. J'aurais voulu que ce bruit s'arrête et que l'on respecte le deuil d'Alejandro, mais en l'observant mieux je le vis sourire chaque fois que les enfants passaient devant lui. Une petite fille d'à peine trois ans, qui avait bien du mal à suivre les autres, lui demanda quelque chose. Alejandro se leva et alla prendre des bonbons sur la table, puis les donna à la petite qui en échange, lui fit un grand sourire. Il l'embrassa sur le front et, d'une petite tape dans le dos, l'invita à rejoindre les autres enfants, ce qu'elle fit en courant. Sitôt qu'elle eut rejoint le groupe elle distribua son butin, au grand plaisir d'Alejandro qui la suivait du regard. L'énergie et l'insouciance de l'enfance avaient rempli ses yeux d'espoir. Un léger sourire aux lèvres, il alla se servir un verre de tequila puis se dirigea vers nous :

— J'espère que ma sœur s'occupe bien de toi, Lou ? me dit-il d'une voix moins assurée que d'habitude.

— Parfaitement bien, je te remercie.

— Je vous offre un verre, amigos ? lança-t-il à notre intention à tous trois.

— Ça sera sans moi ! N'oublie pas que j'allaite Rosa ! Tu ne voudrais pas que ta nièce soit accro à la Tequila ?!

— Moi ye veux biene ! répondit le mari de Guadalupe avec un incroyable accent.

— Muy bien, mi hermano !

— Alors moi aussi ! répartis-je afin d'entrer dans leur complicité.

Alejandro me regarda intensément et me lança, charmeur : « Avec grand plaisir mi señorita ! » Mon cœur se mit à palpiter. J'étais un peu gênée par cette attention nouvelle et séductrice qu'il venait d'avoir pour moi. Timide, j'essayais de cacher mon trouble, toutefois je n'arrivais pas à le quitter des yeux. Occupé à nous servir deux verres, il ne me regardait plus, et discutait avec un vieux monsieur comme si de rien n'était. Peut-être étais-je en train de me faire un film ? Mais ce regard ne me quittait plus. Il revint vers nous, les deux verres à la main, avec cette étonnante démarche nonchalante que je ne connaissais qu'à lui. Il me tendit en premier mon verre :

— Mademoiselle ?

— Euh... Merci Monsieur !

Il servit ensuite celui destiné à son beau-frère.

— Levons notre verre à la vie ! lança-t-il, comme pour se conforter.

— Si ! Es una buena idea !

Nous reprîmes donc tous en cœur : « À la vie ! »

Nous restâmes là sous le figuier, dans un temps doux et suspendu, à discuter joyeusement. Je découvris que le mari de Guadalupe s'appelait José et qu'il était plombier dans une entreprise familiale de Puebla. Guadalupe, quant à elle, enseignait le français dans un collège. Alejandro et elle n'avaient que deux ans de différence et leur papa était mort depuis trois ans. Ils me posèrent également des questions. Guadalupe commença la première :

— Et toi Lou, qui es-tu exactement ?

— Oh là ! Vaste question ! répondis-je spontanément.

— Tu es artiste peintre, c'est ça ?

— Euh oui... Enfin la peinture et le dessin sont ma passion, mais en réalité je gagne ma vie en tant que graphiste.

— Que es graphiste? m'interrogea José.

— Ben, ça consiste à dessiner, notamment sur ordinateur, pour faire la promotion d'un produit.

— Ah, muy bien ! J'ai un amigo qui fait ça au Mexique. Mais pas avec l'ordinateur, todo avec la mano ! Et tou as travaillé pour de grosses compagnies ?

— Oui ! Pas mal grosses en effet. Beaucoup de marques internationales, pour le marché français. Par exemple Mac Donald, Coca Cola et BP pour les américaines, mais aussi pour des entreprises européennes comme Benetton, Zara, H&M... Au fur et à mesure que je citais les entreprises pour lesquelles je travaillais, je voyais l'assemblée se décomposer littéralement.

— Et tu es d'accord avec ce qu'elles font ? me demanda Alej.

— Comment ça ? Je ne sais pas, je n'y ai pas réfléchi en fait. C'est vrai que je ne suis pas fan de Mac Do et Coca, mais bon !

— Ce sont des hijos de puta ! Il ne faut pas travailler pour eux ! lança José en se levant de sa chaise comme un zébulon.

— José ne t'énerve pas comme ça, lui dit Guadalupe en lui prenant le bras pour l'inciter à se rasseoir. Ce que veut dire José, c'est que tu as un poste tout-à-fait charnière dans le possible développement de ces entreprises, et qu'elles ne sont pas toutes blanches. Peut-être faut-il que tu prennes conscience qu'en les aidant à vendre leur camelote, tu cautionnes leurs agissements. Je dirais même pire, tu t'en rends complice.

— Mais de quels agissements veux-tu parler ? Je veux bien que les hamburgers et le coca fassent grossir mais quand même, ils n'obligent personne à en manger !

— Je crois que si comme nous tu connaissais le peuple des Huichols de Wirikuta ou d'autres Indiens d'Amazonie, tu comprendrais que loin des yeux de leurs acheteurs, ces sociétés commettent les pires exactions qu'ils soient : travail des enfants, pollution des nappes phréatiques, j'en passe et des meilleures. Mais aujourd'hui n'est peut-être pas le jour de ta prise de conscience ! Ça n'a pas d'importance. Parle-nous plutôt de ton art.

— Eh bien comment dire ? balbutiai-je, déroutée par sa tirade précédente. J'utilise majoritairement le dessin au crayon et la peinture acrylique. J'aime explorer le thème de la femme et de la féminité.

— Ah, tiens ! Comme Alejandro !

— C'est avec Lou que je vais faire l'exposition à Sète, intervint-il. Elle travaille aussi avec Rebecca.

— Moi j'adore le tableau de la femme ! Surtout quand elle est toute nue ! Tu sais, Alejandro, con sus pequeños… José fit le geste imaginaire de soupeser des seins devant son torse ce qui ne manqua pas de faire rire Alejandro, un peu moins Guadalupe.

— J'ai cru comprendre que tu étais grand amateur de mon œuvre, José. Tu es resté bien silencieux à ma dernière expo à Cholula ! J'ai même cru que tu étais malade !

— Non pas malade ! Méditation artistique ! rectifia José.

— Tu réussis à vivre de ton art, Alejandro ? lui demandai-je, un peu soucieuse de son style de vie.

— En fait, bizarrement, oui, à ma propre surprise. Il faut croire que je ne suis pas le seul à être intrigué par les femmes.

— Mais Alej, tu fais le modeste ! En réalité, il est très connu au Mexique. Ce n'est pas José qui va me contredire, lui qui est son premier fan ! lança Guadalupe en souriant et en embrassant José à pleine bouche, ce qui ne manqua pas de le surprendre et de nous faire rire.

— Ah oui, je suis son fan numéro un !

Alejandro reprit :

— Le pire, avec ce succès inattendu, c'est que je n'ai même plus besoin d'aller travailler avec mon beau-frère ! Que ça me manque de déboucher des chiottes avec toi, mon vieux !

— Tu peux revenir quand tu veux mais gratuitement, puisque tu n'as plus besoin d'argent et que tu eres una star !

— Quel chien corrompu celui-là, il serait même fichu de me faire payer pour l'aider. Tiens, on n'a plus de tequila ? Je vais en chercher une bouteille !

Les heures de l'après-midi s'égrenaient, les conversations et les rires s'enchaînaient à un rythme soutenu. D'habitude cela m'aurait valu une grande fatigue mais là, pas la moindre. J'étais bien. Je leur posais plein de questions sur le Mexique, pays qu'ils semblaient tous trois beaucoup apprécier malgré les nombreux démêlés qu'ils avaient eus avec la police. Ce pays prenait tellement vie à mes yeux que je me jurai d'y aller un jour. Les récits plus ou moins comiques sur sa corruption abondaient ! Nous avions follement ri en écoutant Alejandro raconter qu'il se faisait constamment arrêter lorsqu'il suivait en vélo les mexicains prenant à contre-sens une ruelle près de l'école de Puebla. Le policier municipal ne manquait pas de le chapitrer sur la dangerosité de son acte et le mauvais exemple qu'il donnait à la jeunesse... ni d'ailleurs de clore son discours en le ponctionnant de 200 pesos... Tandis que d'autres mexicains, juste à côté d'eux, continuaient de prendre le contre-sens sans être inquiétés ! Alejandro m'expliqua que ses cheveux clairs, le faisant passer pour un étranger, jouaient nettement en sa défaveur.

José, survolté sans doute par la dose de tequila que nous avions bue, riait à gorge déployée, et se mit à nous raconter une blague mexicaine :

« Un mexicano entre dans una église avec un sombrero et né lé quitté pas. Les fidèles lui lancent au passage : "El sombrero ! Pssst... El sombrero !"

Le mexicano remonte ainsi todo l'allée centrale jusqu'à l'autel et todo el longo del parcours les gens l'apostrophent : "El sombrero ! El sombrero !"

Arrivé à l'autel, el mexicano se retourne vers l'assistance, prend sa guitare et déclare :

"A la demande générale, ye vais vous interpréter 'El Sombrero' ! "»

Je n'étais pas sûre d'avoir bien compris sa blague tant il avait roulé les « r », mais mes trois camarades riaient tellement que je ne pouvais m'empêcher d'en faire autant. Alors que je reprenais enfin mon souffle, mon portable sonna. C'était un SMS de Jérôme. Voir son prénom s'afficher me dégrisa instantanément. J'appuyai sur la touche lecture : « Peux-tu aller faire les courses ? Je mange à la maison ce soir. N'oublie pas de me prendre de la viande ! Bisous ! » Je lui répondis de la façon la plus brève possible : « Ok ! Bise. »

À ma grande surprise il était déjà 17 heures. Je devais partir rapidement si je voulais pouvoir finir les courses avant la fermeture du Monoprix de mon quartier. Cela me fendit le cœur car je devais m'avouer, bien qu'il s'agisse d'un enterrement, que je ne m'étais pas sentie aussi bien depuis longtemps. Pour une fois, j'avais complètement oublié mes petits problèmes. Je m'étais contentée de suivre le courant, sans me débattre, très calmement. Je ne pourrais jamais trop remercier cette famille pour le cadeau qu'elle m'avait fait. J'annonçai mon départ et embrassai chaleureusement José, qui en échange me serra longuement dans ses bras. Il me dit ensuite sa déception que je ne dîne pas avec eux. Guadalupe fit de même et ajouta que c'était dommage de ne pas assister au spectacle que les enfants avaient préparé. Si elle avait su à quel point j'aurais aimé le voir ! La tristesse de devoir les quitter s'atténua un peu lorsque nous convînmes de nous revoir à un vernissage organisé par Rebecca. Je me tournai ensuite vers Alejandro pour le saluer mais lorsque je croisai son regard je fus prise d'une sorte de panique, que je m'efforçai de cacher derrière un sourire. Je ne voulais pas le quitter. Il s'approcha de moi, prit mes épaules dans ses mains et me regarda. Il m'embrassa doucement sur les deux joues et me murmura à l'oreille : « Merci pour le sourire. » Je ne répondis pas et, souriant toujours, baissai timidement la tête. Il m'accompagna jusqu'au portail, mit une dernière fois sa main sur mon épaule et la caressa avec beaucoup de douceur en me disant au revoir. J'atteignais à présent la rue. Je devais impérativement partir, mais ne pus m'empêcher de me retourner. Il était toujours là, et me regardait. A cet instant précis, contre tout ce que j'aurais voulu penser, je ne pus m'empêcher de le trouver irrésistiblement beau et magnétique... Et cela me fendit le cœur.

# 11

J'arrivai au Monoprix-Gare du Nord à 18h15. Il y avait comme toujours un monde fou. J'étais bien plus tendue qu'à l'ordinaire, au grand dam de mon calme intérieur, et soudain je compris ce qui clochait vraiment : tout en faisant les courses pour Jérôme et moi, je n'arrêtais pas de penser à Alejandro ! N'était-ce pas de la trahison ? Ce sentiment ambigu de bien-être et de gêne que j'avais eu à son contact aujourd'hui... Qu'était-ce d'autre ? J'avais bien des amis garçons, mais avec aucun d'entre eux je n'avais eu de sensation aussi étrange. Serais-je en train de tomber amoureuse ? Mon dieu, pourvu que non ! Je n'avais pas besoin de ce genre d'ennui en ce moment. Je ne connaissais Alej que depuis 24 heures ! « La maladie doit me déranger l'esprit », me dis-je en allant au rayon boucherie acheter un steak pour Jérôme, demandant à ce qu'il soit haché devant moi, ce qui ne manquait jamais de me révulser. En effet, depuis environ 5 ans, je ne mangeais plus de viande, et en voyant les serpentins rouge sang choir sur le papier du boucher, je me demandais comment on pouvait manger ça... Comment moi, j'avais pu manger ça ! Jérôme n'avait pas voulu me suivre dans mon « trip végétarien », comme il disait. Pourtant on avait regardé les mêmes documentaires sur la qualité douteuse de la viande, la bar-

barie de l'abattage des bêtes ainsi que sur la vie de torture des animaux élevés industriellement, mais cela n'avait d'impact sur lui que quelques jours, ensuite plus du tout. J'avais eu beau lui expliquer que scientifiquement, il était prouvé que nous avions le même estomac que les grands singes végétariens, il ne manquait pas chaque fois de me rétorquer que si les singes étaient encore des singes, c'était bien parce qu'ils ne s'étaient jamais mis à la viande, que c'était la théorie de l'Évolution ! Notre intelligence s'était développée grâce à cela, et point barre ! Mais de quelle évolution et de quelle intelligence parlait-on ?

Mon téléphone sonna et pendant un bref instant je fis le doux rêve qu'il s'agissait d'un appel d'Alej. Mes songes furent rapidement brisés lorsque je vis sur l'écran s'affichait le numéro de ma patronne Isabelle. Que pouvait-elle bien me vouloir à cette heure-ci ? Prendre de mes nouvelles ? C'était inenvisageable ! Je décidai de ne pas répondre.

## 12

J'étais chargée comme une mule, trois gros sacs de courses dans les bras, n'ayant bien sûr pas pris mon caddie. Arrivée au bas des marches de l'appartement, après avoir vérifié si par miracle l'ascenseur n'était pas réparé, la fatigue m'accabla de nouveau. Les cinq étages à monter à pied avec ce chargement n'y étaient certes pas pour rien. J'en étais à me demander si je n'allais pas devoir monter les sacs un à un pour avoir moins mal aux bras, mais ce n'était que transférer le problème aux jambes et aux poumons ! J'en étais là de mes réflexions lorsqu'une voix m'interrompit :

— Bonjour. Hum ! Hum ! Bonjour !

— Euh, excusez-moi. Ah bonjour Monsieur Dominguez !

— Je peux vous aider ? Donnez-moi ça ! Oh c'est lourd ! Vous avez dû vous faire mal au dos.

— Merci, vous êtes mon sauveur !

— Oh là, n'allons pas si loin ! Je ne suis qu'un homme, je vous assure ! me lança-t-il en rigolant. Ne vous inquiétez pas, je rappelle tout de suite l'entretien de l'ascenseur, et s'ils ne viennent pas, ce coup-ci c'est moi qui vais le rectifier, ce bazar ! Ça ne doit pas être aussi compliqué qu'ils veulent nous le faire croire !

Monsieur Dominguez était le mari de la concierge. Il était garagiste dans le quartier. Cet homme était incroyablement serviable. C'était une des rares personnes que je connaisse qui ait résisté au « bulldozer parisien ». Cela faisait 30 ans qu'il habitait le quartier avec sa femme, mais il était resté fidèle à lui-même, zen et souriant. Toujours joyeux ! Il m'avait assuré, à la fête des voisins, qu'il ne deviendrait jamais un robot comme tous ces gens qu'il croisait dans la rue. Autour d'un superbe porto de 20 ans d'âge, il m'avait dit que le ciel était beau où que l'on soit, si l'on savait le regarder. Le tout était de ne pas fixer ses pieds toute la journée ! Avoir la tête haute, c'était ça la recette, m'avait-il expliqué un peu saoul.

## 13

Arrivée à l'appartement, j'entrepris de faire à manger pour m'occuper l'esprit, bien que je me sente toujours incroyablement lasse. Le médecin m'avait conseillé de me reposer aussi souvent que nécessaire mais il n'était que 19h30, et je ne pouvais décemment envisager d'aller dormir d'aussi bonne heure. J'avais mis tant d'années à me « guérir de ma mollesse » que l'inaction me rendait littéralement paranoïaque ! Bien que durant la petite enfance j'aie toujours été très dynamique, on m'avait diagnostiquée « lente » au moment de l'apprentissage de l'écriture. Non que mes capacités intellectuelles fussent défaillantes, je n'avais aucun problème de compréhension, mais j'accomplissais les tâches qu'on me donnait avec beaucoup de soin et de calme. Trop, apparemment ! Mon maître de l'époque aimait me surnommer "l'Escargot". J'avais aussi fâcheusement tendance à rêver éveillée, ce qui semblait soucier les adultes de mon entourage. Enfant, je ne comprenais pas bien pourquoi, mais à l'adolescence, me rangeant à leur avis, j'avais fini par juger mon comportement anormal. J'avais en effet remarqué qu'ils aimaient faire les choses le plus rapidement possible, pour une raison qui m'échappait, mais que je comprendrais sûrement plus tard. C'était probablement cela la sagesse, saisir en grandissant ce genre de choses ? Cependant, avec les années, je compris que ma découverte ne serait pas aussi glorieuse que je l'avais cru. Si les adultes étaient si pressés, c'était qu'ils n'avaient pas le choix. Le temps jouait contre eux. L'argent était nécessaire à leur survie et à celle de leur famille… Et, comme le dit l'adage : « Le temps c'est de l'argent ». En fait, si j'avais été si malmenée à cause de ma lenteur et de ma rêverie, c'était parce que mes parents craignaient qu'elles ne me soient préjudiciables. Ils avaient tenté de me programmer pour la vie active. Il avait fallu que je me mette tant de coups de pieds aux fesses pour attraper le rythme que je n'osais plus le moindre petit retour en arrière. Ma vie était dorénavant pleine à ras bord, et s'était aussi bien comme ça… Enfin je le pensais. Mon esprit pouvait bien garder le contrôle de mon corps ! Tremblante d'épuisement, je rangeai donc les courses et attaquai le dîner. À 20h30, tout était prêt.

Jérôme rentra vers 21h30. En l'attendant j'avais fini par m'endormir devant la télé, laissant la fenêtre du balcon entrouverte pour profiter de l'air doux de cette soirée de juin. La porte d'entrée claqua à cause du courant d'air. Je n'avais même pas sursauté : encore groggy de sommeil, je n'enregistrais pas la situation.

— Merde ! Fais chier ! Y a une fenêtre ouverte ou quoi ? hurla-t-il, manquant de se coincer les doigts dans la porte.

S'avançant vers moi, il m'embrassa et, surpris de me voir allongée sur le canapé, me demanda si j'allais bien. J'éludai la question en lui proposant de passer tout de suite à table car je mourais de faim. Aussi surréaliste que cela puisse paraître, alors que j'avais fait les courses et préparé le repas quasiment sur son ordre, il m'annonça qu'il avait déjà mangé un hamburger et qu'il ne prendrait qu'un dessert. Il alla voir au frigo et, c'est là que la situation devint encore plus délirante : il se mit à crier à propos de rien, qu'il n'y avait pas de crème au chocolat, que c'était n'importe quoi de prendre de la crème caramel, que de toute façon personne n'aimait ça à part moi... Les mots se succédaient sans queue ni tête. Enfin si, ils formaient bien des phrases, mais paraissaient être expulsés de sa bouche sans autre motif que le son qu'ils allaient produire, à titre expérimental sans doute... Il agissait tel un acteur qui se serait dit, avant de rentrer chez lui : « Ce soir, je lui fais la colère ». D'ailleurs je devais avouer qu'il était plutôt fort. Sur la forme c'était un sans-faute, mais sur le fond... C'était plutôt échevelé !
— Mais qu'est ce qu'il t'arrive ? T'es cinglé de crier comme ça ! Que se passe-t-il ? intervins-je.

— Il se passe que t'as encore acheté des trucs imbouffables ! C'est n'importe quoi tes yaourts au caramel... au soja, en plus ! Putain ! On ne peut pas manger comme tout le monde ?

— Ne hurle pas comme ça ! Je t'ai pris des yaourts à la vanille ! Tu ne vas pas me dire que personne n'aime les yaourts à la vanille, tu en as mangé des tonnes la semaine dernière !

— Justement, j'en ai ras le bol des yaourts à la vanille ! J'en ai ma claque ! Tu pionces toute la journée pendant que je bosse, et t'es même pas foutue de faire les courses correctement... C'est usant !


Là, c'était la goutte d'eau qui fait déborder le vase. Mon ego était torpillé. La peur de ma propre inutilité était avivée comme jamais. Je savais que tout cela était faux, que c'était de la méchanceté gratuite, mais mon diable intérieur était lâché ! J'étais vexée au plus profond de mon âme. J'avais quitté des gens charmants pour courir partout afin de lui faire plaisir, et cela pourquoi ? Pour m'entendre dire que j'étais nulle ! Je compris à ce moment-là qu'il ne mesurait pas mon aptitude à être beaucoup plus méchante que lui. J'avais cumulé 8 ans de patience, supportant toutes ses névroses, mais en une fraction de seconde, cela pouvait très bien basculer pour toujours. Toutefois, je savais que le moment n'était pas venu. Aujourd'hui j'allais juste lâcher un peu de ma colère, mais la vraie tempête resterait en suspens. Je mis sur un plateau l'assiette de légumes que j'avais déposée sur la table de la salle à manger ainsi que mon portable, puis me dirigeai vers la cuisine où il était toujours, la tête dans le frigo.

— Tu sais Jérôme, t'es vraiment un sale con !

À sa grande stupéfaction, je lui avais sorti cela le plus froidement du monde. Il dut sans doute me répondre après quelques secondes, mais j'étais déjà partie vers mon atelier avec mon plateau-repas. Je m'enfermai à clé, et mis en route mon album préféré de Nina Simon, à la fois pour pouvoir me détendre, mais aussi pour ne pas entendre les possibles réactions de Jérôme. Un flot de larmes envahit mon regard, ma gorge, mes joues… Telle une marée montante impossible à contenir, la tristesse de mon sort voulait se déverser. Les pleurs se bousculaient aux coins de mes yeux, et les mots dans ma tête. J'avais quitté une mère autoritaire et un père absent pour un homme mal aimant et injuste. Et pourtant j'avais cru qu'il serait mon salut. D'ailleurs au début, je dois dire qu'il m'avait fait revivre. Il était si brillant, beau et élégant que je n'avais pas vu qu'il n'était qu'une pâle copie de mes géniteurs. D'ailleurs notre première année de relation avait été merveilleuse, puis les choses étaient devenues comme à présent.

Alors que la colère et la tristesse embuaient encore mon regard, je remarquai que la nuit était belle. La lune était pleine. Elle était face à moi dans l'encadrement de la fenêtre, elle me regardait. J'ouvris la fenêtre pour sentir l'atmosphère qui émanait de ses rayons. Il faisait chaud, et cette odeur de nuit d'été m'apaisa. Je savais qu'il me faudrait agir. La colère se dissipant, mes pensées s'estompèrent. La mélancolie s'installa en moi comme un état agréable mais confus, où se mêlaient étrangement tristesse et bonheur, calme et énergie.

Machinalement, je regardai mon téléphone et découvris trois messages non lus. Tous d'Isabelle ! J'ouvris le dernier reçu à 20h50 : « Lou, où as-tu mis le dossier EDF ? Je t'enjoins de répondre au plus vite ! Le Monde continue de tourner pendant que tu te repose ! »

La moutarde au nez, j'avais bien l'intention de ne pas en rester là, et de répondre au plus vite : « Isabelle, ton attitude est limite indécente voir illégale, tant elle se rapproche du harcèlement ! Que ne comprends-tu pas dans l'expression "Arrêt-maladie" ? Je te pris de me laisser tranquille pendant deux semaines. Cela devrait être possible, car comme tu le dis si bien, la Terre ne s'arrêtera pas de tourner sous prétexte que je ne suis pas à l'agence. Bien à toi. Lou » J'appuyai sur la touche

"Envoyer" et regrettai immédiatement mon geste.

## 14

Jérôme était conscient d'avoir, comme toujours, passé les bornes. Son énervement avait très vite fait place à la raison, et le verdict était sévère. Il n'arrivait pas à rendre à Lou toute la tendresse qu'elle lui accordait. Bien qu'elle ait été tout ce dont il avait besoin, il ne pouvait s'empêcher d'être dur avec elle, comme il l'était envers lui-même. Parfois, il avait l'impression de tout faire pour qu'elle le quitte, comme sa mère avait quitté son père lorsqu'il avait 7 ans. Quel idiot il faisait. Ce soir-là, seul dans le salon, fumant sa deuxième cigarette de la demi-heure, il se détestait.

## 15

Il était 22 heures, et les invités étaient tous partis. Guadalupe et José étaient montés se coucher dans leur chambre. La maison était incroyablement silencieuse. Alejandro était seul dans le grand salon blanc de Maria Teresa. La solitude n'avait jamais été un problème pour lui, la vie la lui avait imposée très tôt. Lorsqu'il était jeune enfant, son père travaillait de longues heures dans un cabinet d'avocats à Paris, sa sœur avait été placée dans un collège catholique privé en Suisse. Or sa mère, qui était censée s'occuper de lui, s'enfermait des heures entières dans son bureau ! De plus, elle lui avait interdit de sortir ou de ramener des petits copains à la maison. Sa seule compagnie avait été une chatte sauvage qui avait élu domicile dans le grenier de l'appentis. Il se souvenait encore de ce jour merveilleux où il avait découvert, sous la petite chatte grise, quatre boules de poils aux yeux clos. Grisette, c'était le nom qu'il lui avait donné, avait accepté qu'il observe ses bébés, mais d'une certaine distance. Sur le coup, il n'avait pas compris pourquoi elle feulait ou tentait de le griffer lorsqu'il s'approchait de trop près, mais il sut bientôt qu'elle avait raison de se défendre ! Un soir, en rentrant de l'école, il découvrit le voisin Monsieur Martin et sa mère en train de descendre l'échelle du grenier avec un sac à la main. En voyant avec stupéfaction le voisin taper de toutes ses forces le sac contre le mur du jardin, Alejandro comprit alors avec effroi ce qui venait de se jouer : l'extermination pure et simple de ses amis, des êtres sans défense qui ne causaient de tort à personne, surtout pas à sa mère, qui ne quittait quasiment pas la maison. Cette image sanglante ne quitta plus jamais son esprit. Ce fut la première fois qu'il ressentit au ventre le coup de poignard de l'horreur et du désespoir, mais ce ne fut hélas pas la dernière.

Comme toujours, il allait lui falloir se battre pour survivre. Il prit le téléphone : il devait impérativement joindre le Mexique :

— Salut !

— Eh, comment vas-tu ? lui répondit en espagnol une voix féminine très dynamique.

— Ça va... et toi ? demanda-t-il inquiet. La police a-t-elle fait le rapprochement entre nous ?

— Non pas encore ! On dirait qu'elle ne s'intéresse pas à moi pour l'instant. Par contre, la télévision a passé des images de toi... On dirait que l'affaire n'est pas encore close ! Reste encore un peu en France. Ca vaut mieux !

— Tu as raison, et puis j'ai une affaire en cours ici ! Et pour Maïa ?

— On s'en occupe, ne t'inquiète pas. Fais attention à toi. Buenas noches, Alej, lui souffla tout

doucement la voix féminine.
— Buenas noches, Carolina.

## 16

Comme après chaque dispute, Jérôme avait été faussement gentil quelques jours. Je savais toutefois qu'il redeviendrait désagréable dans peu de temps, mais je n'avais pas la force de régler une fois pour toutes le problème. Car à présent, j'étais sûre que nous en avions un ! Je continuais à faire semblant d'être normale et heureuse, comme toujours jusqu'à présent.

Le temps avait passé très vite. Mes deux semaines d'arrêt maladie étant déjà arrivées à leur terme, j'étais censée reprendre le travail le lendemain et, finalement, je m'étais laissée aller à me reposer. Pas par envie, mais par nécessité. Je n'avais plus répondu à aucun des très nombreux coups de fil, SMS et e-mails du bureau. J'avais même dû, à mon grand regret, annuler quelques activités prévues avec mes copines. Si j'avais fini par prendre au sérieux mon besoin de repos, je devais reconnaître que je n'avais pas eu le courage d'aller aux rendez-vous prévus avec les spécialistes de l'hôpital. Etait-ce par déni ? En tout cas je n'avais eu de cesse, pendant ces deux semaines, de faire comme si de rien n'était. Je me réveillais généralement en même temps que Jérôme en lui faisant croire que j'allais travailler toute la journée sur l'exposition, puis dès qu'il était parti je me recouchais, parfois jusqu'à 14 heures ! J'avais vraiment besoin de dormir. Dans quel état serais-je demain ? Est-ce que j'aurais envie de dormir comme ça au travail ? J'avais commencé à me bourrer de compléments alimentaires en plus du programme de vitamines en tous genres que le médecin m'avait prescrit. Pour les médicaments, c'était plus dur. Je n'avais pas eu le cran de lire la liste des effets secondaires. Je me contentais donc d'en prendre un de temps en temps. Peut-être cela suffirait-il à me guérir ? En tout cas, pour l'heure, mon état n'était guère brillant. A 28 ans j'avais la force vitale d'une femme de 70, et encore ! Pas d'une super-mamie comme celles qu'on voit à la télé ! La seule amélioration notable était, peut-être, un léger retour de mon appétit…

Aujourd'hui, j'avais accepté de voir ma meilleure amie Anna à 16h pour aller prendre un thé. Je n'aimais pas trop l'ennuyer avec mes problèmes, mais comme j'avais été de nombreuses fois sa confidente, je pensais lui en parler. Peut-être serait-elle de bon conseil. Avant cela, j'avais décidé de faire un peu les boutiques. Bien que ce ne soit pas trop mon truc d'habitude, j'avais envie de m'acheter une petite robe d'été. Était-ce lié à la chaleur incroyable qu'il faisait ces derniers temps, ou au fait que ce soir même avait lieu le vernissage à la Galerie Baudouin ? Certainement un peu des deux. Je n'avais pas eu de nouvelles d'Alejandro depuis l'enterrement, mais hier j'avais reçu un SMS me confirmant notre rendez-vous là bas. J'appréhendais nos retrouvailles. J'avais envie de briller à ses yeux. Je savais que ma réaction était puérile, mais je n'arrivais pas à me raisonner. J'étais comme une adolescente qu'un garçon aurait invitée au cinéma.

J'avais fait des folies. J'avais dépensé sans compter ! Une robe en soie fleurie à 140 €, le gilet en cachemire indispensable avec, selon les dires de la vendeuse, des chaussures, un sac et un rouge à lèvres Chanel à 40 €… À ce prix là il ne pouvait que les rendre pulpeuses, m'étais-je dit… Je m'étais comportée compulsivement, comme si la beauté pouvait s'acheter. Maintenant que j'arrivais au salon de thé, je me sentais un peu ridicule d'avoir été si frénétique. Je me rassurais en me disant que j'avais choisi des vêtements de qualité qui certes coûtaient cher, mais à juste titre, car ils dureraient plus longtemps. Cela dit, je pressentais au fond de moi que la question n'était pas là. J'avais l'obsession bizarre de vouloir revenir en arrière pour n'avoir rien acheté de tout cela. C'était trop tard, tant pis. Passer la porte de cette grande institution parisienne du thé me fit immédiatement « reconnecter ». J'étais en avance, et en profitai pour faire le plein de mes thés en vrac favoris. Comme toujours, le serveur en costume de lin blanc qui s'occupa de moi était très agréable. L'amabilité dans les boutiques parisiennes se faisant rare, certains auraient pu trouver pompeux l'accueil fait ici aux clients, mais pas moi. On m'installa ensuite à une table pour deux. Il me fallait toujours un peu de temps pour m'habituer au décor colonial un peu suranné de l'endroit. La lumière naturelle traversait de jolis vitraux anciens et créait une atmosphère douce et nostalgique. Anna me sortit de ma rêverie en manquant de se tordre la cheville derrière moi. J'eus juste le temps de tendre le bras pour lui éviter la chute. C'était sa spécialité. Etait-ce dû au choix, purement extravagant, de ses chaussures, ou à son surpoids ? Toujours est-il qu'elle ne tenait pas sur ses jambes !

« Oups ! J'ai bien failli me tordre encore la cheville », dit-elle tout en tentant de rétablir son centre de gravité. « Coucou ma belle ! », continua-t-elle comme si de rien n'était en me faisant la bise. Puis elle alla jusqu'au grand miroir pour se recoiffer. Elle faisait souvent cela, ce qui ne manquait jamais de me surprendre. Je peinais à comprendre que l'on puisse s'examiner ainsi. Elle se scrutait tranquillement, faisant fi des gens alentour. Je ne passais jamais plus de cinq minutes par jour à me regarder dans la glace, alors bonjour le malaise en public ! Mais bon, c'était tout elle. Un sacré personnage ! Elle revint vers moi toute joyeuse en mimant la démarche de Betty Boop et en faisant plein de mimiques rigolotes, ce qui nous mit de bonne humeur. Son expansivité était à la mesure de son corps. En nous voyant dans le grand miroir, toutes deux assises à cette table, je me rendis compte avec effroi à quel point tout nous opposait. Elle était petite et incroyablement ronde, alors que j'étais grande et mince. Elle avait des yeux très noirs et ressemblait à une poupée chinoise, alors que j'avais les yeux bleu clair hérités de mes origines slaves. Mais la principale différence ne résidait pas dans ces détails physiques : son reflet semblait pétiller alors que le mien était bizarrement "terne". J'avais l'air malade, voire fantomatique ! Anna me sortit de mon étrange rêverie.

— Ça va mieux ma belle ? Tu sais que tu as manqué quelque chose, vendredi, au Cabaret Burlesque ! C'était génialement drôle !

Anna adorait ce genre de spectacle, mêlant cabaret coquin et comédie légère. Apparemment ça avait eu son heure de gloire dans les années 50 et 60 aux États-Unis, notamment avec les pin-ups, et c'était en train de redevenir tendance. On pouvait y voir de grosses femmes faire tourner des pompons accrochés à leurs tétons, et autres fantaisies du même genre. J'y étais allée plusieurs fois avec elle, et j'avais trouvé ça plutôt drôle. Cela changeait de la télé !

— Tu n'es plus malade ? reprit-elle.

— Euh... Je crois que ça va mieux... Je n'osais finalement pas lui parler de mon état.

— Qu'est ce que t'as eu, au fait ?

— Ben, je ne t'ai rien dit, mais j'ai fait un malaise il y a deux semaines.

— Qu'est ce qu'il c'est passé ?

— D'après le médecin, je... j'aurais fait une sorte de malaise vagal, répondis-je sans aller plus loin.

— Hum... Elle semblait réfléchir à ma réponse, un peu sur l'expectative. J'ai vu passer un article à ce sujet. Anna travaillait comme réviseur-rédacteur, autrement dit correctrice, pour un magazine féminin ayant une rubrique « Psychologie ». Tu ne serais pas un peu surmenée en ce moment ? Je n'eus pas le temps de répondre qu'elle enchaînait déjà, comme si je l'avais fait par l'affirmative. Tu vois, je te l'avais dit qu'ils allaient te rendre folle avec la quantité de travail qu'ils te demandent à l'agence. Ce n'est pas humain ça. Moi, chez « Femme contemporaine » je fais mes 35 heures et c'est bon ! Ce n'est pas normal de devoir répondre aux appels de son boss quand on est en repos ! Je vois bien que tout cela te fatigue. Elle reprit de plus belle après un court silence. Le travail n'est pas l'ultime aboutissement d'une vie. Tu crois que ça me fait marrer, moi, de corriger les fautes de journalistes illettrés toute la journée ? Je vais t'en apprendre une bonne : sûrement pas ! Alors quoi !? Je ne vais pas perdre le peu de temps qui me reste dans la journée à me demander si mon patron est content de moi, à qui je devrais lécher les bottes pour avoir une promo, ou pire, me pendre parce que mon taffe c'est de la merde ! Hors de question ! Elle avait un peu haussé le ton, puis se radoucit. Dans le fond tout est une question de recul et d'objectivité. T'es-tu seulement déjà demandé pourquoi tu te surmènes pour eux ?

J'étais si abasourdie par l'énergie qu'elle avait mise dans cette tirade que je ne pensai même pas à contester sa déduction.

— Parce qu'ils m'ont fait confiance, je suppose. Ils m'ont engagée à la sortie de l'école, sans aucune expérience. En plus, ils me proposent un avancement si j'assure. Je crois en leur projet et j'ai besoin d'argent ! plaidai-je.

— Et à mon avis ma belle, tu te crois obligée de prouver quelque chose à quelqu'un ! Prouver à la société, à tes parents, à toi-même peut-être, que tu es capable de combler leurs espoirs et de devenir celle qu'ils veulent que tu sois !! Tu as vu le résultat sur moi ? Vingt huit ans à tenter de satisfaire ma mère, et conclusion, je fais 100 kilos pour 1 mètre 60. Cela rend dingue, je te préviens. Mais il n'est jamais trop tard pour devenir soi-même. Elle se mit à réfléchir. Je savais que ses troubles alimentaires étaient liés aux conflits avec sa mère, bien trop exigeante avec elle. Anna l'avait elle-même très bien compris et avait beaucoup progressé sur ce point, mais son corps en gardait des réflexes malsains très complexes à gérer. Toutefois, elle s'en amusait avec beaucoup de panache.

— Tu connais cette phrase, que j'adore, de Maya Angelou ? « Si tu t'efforces toujours d'être normal, tu ne sauras jamais à quel point tu peux être exceptionnel ! » Là-dessus, elle enchaîna sur un thème sensible : Et Jérôme, dans tout ça ? Il te soutient, j'espère ? Elle prenait toujours un ton inquisiteur lorsqu'elle parlait de Jérôme. D'ailleurs elle ne se cachait pas trop de ne pas l'aimer.

— Euh... Eh bien en fait, on n'a pas eu trop le temps d'en discuter à vrai dire. Il travaille beaucoup en ce moment.

— Quoi ? Elle faisait les gros yeux. Ce n'est pas normal Lou ! Je ne veux pas être lourde avec ça mais je crois vraiment que tu mérites quelqu'un de mieux. Quelqu'un qui s'occupe de toi et qui te fait passer du bon temps. Tu en as besoin, je crois ! Il y a un truc qui cloche chez cet homme. Je te dis ça parce que tu es ma meilleure amie, et je me répète, mais je suis sûre que c'est un pervers narcissique ! J'ai corrigé un article là-dessus et tu peux me croire, tous les ingrédients sont réunis ! Elle semblait très sérieuse en disant cela, voire un peu en colère. En toute amitié, ça fait quelques mois que je voulais te le dire mais tu m'inquiètes. Depuis que tu es avec lui, tu as perdu je ne sais combien de kilos et regarde, elle me montra du doigt, tu es tout le temps habillée en noir. Je te revois quand on s'est rencontrées en cours d'histoire de l'art, toute pimpante avec tes jeans d'ado et tes petits hauts à fleurs, et je me dis que là au moins, tu étais toi-même. Tu étais en coloc avec Laure, on se marrait vraiment bien à l'époque ! Souviens-toi, cette soirée où on avait fumé un joint que Pierre avait ramené, et rigolé comme des bécasses toute la nuit ! Jérôme aurait été là, tu te serais probablement fermée comme une huître. Maintenant, on dirait qu'il a prise sur toi, même quand il n'est pas là. Franchement, on dirait une mormone. Moi j'aurais ton cul, crois moi, je ne jouerais pas les Sainte Nitouche !

Elle se mit à rire aux éclats et, bien qu'elle vienne de m'en mettre plein la figure, je fus prise d'un fou-rire. Après plusieurs tentatives infructueuses pour reprendre mon souffle, j'arrivai enfin à aligner deux mots : « Tu as probablement raison... Il y a quelque chose qui cloche dans ma vie, mais ça ne va pas nous empêcher de commander plein de macarons et un bon thé, non ? »

## 17

De retour chez moi, il ne me restait qu'une heure pour me préparer. Après mes multiples passages dans le métro parisien je n'avais qu'une envie, me laver ! L'atmosphère était moite et je me sentais sale. Je ne regrettais pas d'avoir passé une partie de l'après-midi avec Anna, mais toute cette agitation m'avait fatiguée. J'hésitais entre faire une petite sieste et prendre un bain. Je savais toutefois que si j'optais pour la sieste, je risquais fort de ne pas me réveiller à temps. Je me fis donc couler un bain et pendant ce temps, après avoir sorti la tenue que je mettrais ce soir, je pris une moitié du médicament que le médecin m'avait prescrit. J'ôtai les étiquettes des vêtements, et posai ceux-ci sur la corbeille à linge. En me déshabillant, je m'aperçus que mes jambes étaient toutes velues. Je ne pouvais pas décemment me passer d'un rasage express. Je fouillai partout pour trouver un rasoir mais je n'en n'avais plus. Je pris donc celui de Jérôme. J'avais intérêt à bien le nettoyer avant de le remettre en place, car vu sa tendance à la maniaquerie, s'il voyait que je m'en étais servie, il en ferait un foin. Je me rappelais ses reproches lorsque, au début de notre relation, je venais dormir chez sa mère sans ma brosse à dents et me servais de la sienne. Il trouvait cela dégoûtant, alors qu'on n'arrêtait pas d'échanger nos salives en se roulant des patins ! Je rasai donc mes jambes en quatrième vitesse, récoltant au passage une petite entaille près de la cheville droite.

La coupure coagulée, je pus enfin entrer dans mon bain. Il était très chaud, comme j'aime. J'avais calculé que si je ne voulais pas être en retard, je pouvais y rester 10 minutes. Mes tensions s'évaporaient avec la chaleur de l'eau mais pas mon obsession pour Alejandro. Sitôt les yeux fermés, je voyais son visage. Je revivais l'intensité de son regard, la fermeté et la chaleur de ses mains sur mes épaules. La sensation était presque érotique. J'en arrivais à fantasmer que nous nous étions rencontrés pour associer nos corps et nos esprits dans une étreinte passionnée. Je me mis à rêver que j'étais dans ses bras. Des bras que je m'imaginais forts et réconfortants. J'aurais tant aimé recevoir l'amour de quelqu'un comme lui, quelqu'un qui m'aurait prodigué sa tendresse et sa force en ces temps difficiles…

Je savais que le jaguar rôdait. Je le sentais. C'était impalpable mais évident. Tout d'un coup, mon esprit reprit vie. Le visage radieux d'Alejandro m'apparut et me réveilla en sursaut. Je voulus me lever pour sortir de la baignoire, mais un vertige me cloua dans l'eau.

## 18

Ayant finalement réussi à enfiler ma robe, mon gilet et mes nouvelles chaussures, debout devant mon grand miroir je m'observai longuement. Cette tenue digne du Festival de Cannes, jointe au constat nouveau de ma maigreur, me déprimait. Je ne me reconnaissais pas ! Anna avait raison : j'avais changé sans même m'en rendre compte ! Je fonçai vers mon armoire à la recherche de la tenue que je savais être "moi". Il me fallut retourner toutes mes affaires pour, finalement, retrouver le vieux jean, le gilet défraîchi et le T-shirt blanc qui composaient une de mes tenues fétiches à la fac. Je n'avais plus qu'à attacher mes cheveux, prendre mon sac et sauter dans mes Converse bleues. Qu'il était agréable d'être prête en 5 minutes et de se sentir bien dans ses baskets !

## 19

De Barbès-Rochechouart, je pris la ligne 4, me retrouvai à Châtelet-les-Halles et, n'ayant pas envie de prendre le changement, décidai de continuer à pied. La Galerie Baudouin se trouvait non loin de là, rue Vieille-du-Temple, dans le 3$^{ème}$ arrondissement. Il était 19h45, heure très agréable en cette saison. La plupart des travailleurs avaient fini leur journée, peu à peu remplacés par des badauds. Les gens flânaient, cherchant sans doute, en discutant joyeusement, le restaurant où ils allaient dîner.

J'adorais l'atmosphère de la rue Vieille du Temple. Comme de nombreuses rues de Paris, elle était chargée d'une histoire dont ses façades témoignaient. Avec toutes ses belles boutiques, ses cafés et ses galeries d'art, elle respirait l'énergie. J'étais en retard comme toujours, mais pour une fois ne culpabilisais pas, trouvant plus important de m'imprégner de cette ambiance. C'était de plus une excellente façon d'oublier mon appréhension de la rencontre avec Alejandro, et des mondanités d'un vernissage. Je passai devant le Biblos café. J'aimais beaucoup cet endroit, que j'avais fréquenté pour mon plus grand bonheur dans mes années d'université. On y avait souvent assisté à des concerts, avec mes copines de classe. C'est moi qui, à chaque fois, nous y emmenais dans ma vieille voiture, étant seule à en posséder une à l'époque. Nous habitions toutes près du campus en banlieue, et lorsqu'on décidait de "monter à Paris", c'était une vraie expédition ! La soirée ne se terminait jamais avant 2 ou 3 heures du matin, souvent clôturée par un thé ou un café pris chez l'une d'entre nous. Une fois, nous étions même allées à 5 heures du matin, tant nous étions affamées, réclamer des croissants à notre petit boulanger de quartier, épuisées les unes d'avoir dansé toute la nuit, les autres d'avoir trop bu. Ce n'était pas si vieux, pas plus de 2 ou 3 ans, mais aujourd'hui cela me paraissait si loin. Comment faisais-je à l'époque pour tenir le coup, alors qu'à présent, à la moindre sortie, je commençais à somnoler dès 23 heures ?

Je m'étais rapprochée de la porte d'entrée du café pour y jeter un œil nostalgique, lorsque je reconnus l'air joué par le groupe de musiciens invité ce soir-là. C'était une très belle reprise d'une chanteuse de fado que je connaissais, car faisant partie de l'album que monsieur Dominguez m'avait prêté lors de la fameuse fête des voisins. Comme j'allais faire demi-tour et me remettre en route, je fus brutalement bousculée, sans la moindre excuse, par un homme dont je n'eus pas le temps de voir le visage. Il m'avait heurté l'épaule gauche, si bien que projetée à distance, j'avais par effet boomerang percuté le serveur de mon épaule droite. Il m'aida à me relever et, très surpris, me demanda plusieurs fois si j'allais bien. Je le remerciai de sa sollicitude et repris mon chemin, légèrement "sonnée".

Arrivée enfin à la galerie, où quelques invités fumaient sur le trottoir tout en discutant de leurs prochaines vacances, j'entrai après quelques minutes d'observation. Je n'avais pas vu Alejandro, mais j'avais bien aperçu Guadalupe et son mari. Lorsqu'ils me reconnurent, ils s'exclamèrent et me serrèrent dans leurs bras. C'était très agréable, et me fit penser à une étude de l'université de Californie selon laquelle les accolades, et les câlins en général, stimulaient la sécrétion d'ocytocine, neurotransmetteur qui, exaltant la satisfaction, réduisait le stress et l'anxiété... Ces démonstrations d'amitié ne pouvaient donc qu'être bénéfiques !
— Hé !! Como estas, Lou ? me lança José.
— Très bien José, je te remercie, et toi ?
— Ça va muy bien - sa voix devint plus triste - mais le Mexique me manque un peu. Il me tarde de rentrer à présent.
— Vous partez bientôt ?
— Oui ! Demain ! dit-il tout excité.
Une angoisse me parcourut le corps : et si Alejandro partait avec eux !
— Et Alejandro rentre avec vous ?
— Ah ça... C'est une bonne question ! À vrai

dire je n'en sais rien... Et lui non plus, certainement ! intervint Guadalupe d'un air espiègle.

— D'ailleurs, il n'est pas là ?

— Non, finalement il a préféré finir une toile qu'il avait commencée. Tu sais comment c'est, lorsqu'on tient l'inspiration, il ne faut pas la lâcher !

— Oui, oui, c'est vrai ! lui répondis-je en feignant compréhension et tolérance alors qu'en réalité, je lui en voulais de m'avoir posé un lapin. En une fraction de seconde, mon mouvement de colère fit place à la tristesse. J'avais cru lui plaire et pensais qu'une histoire était née entre nous. J'avais même secrètement espéré que peut-être, elle allait me libérer, mais en fait il n'en était rien. Il allait donc falloir, toute la soirée, donner le change, être de bonne compagnie pour mes nouveaux amis, même si je n'avais plus qu'une seule idée en tête : rentrer chez moi et me cacher dans mon terrier. Les choses ne se passaient vraiment pas comme je l'avais imaginé !

Au fil des heures mes tensions internes s'atténuèrent jusqu'à disparaître complètement, mais un vertige nauséeux les remplaça insidieusement. Je n'avais pourtant bu que deux verres. Vingt deux heures arrivant, mes amis décidèrent de partir. Nous sortîmes ensemble de la galerie, après que j'aie salué Rebecca. Arrivés dehors nous

nous dîmes adieu. C'était probablement la dernière fois que nous nous voyions. Comme ils insistaient pour m'inviter à venir en vacances au Mexique, je répondis que ce serait avec plaisir, tout en sachant que ça ne se ferait pas, car Jérôme mettait un point d'honneur à écarter les gens pour qui j'avais de l'affection. Tant que je serais avec lui c'était inenvisageable ! Nos chemins se séparaient donc ici, envers et contre tout.

Je les regardai remonter la rue bras-dessus bras-dessous, tout en respirant profondément. Ma tête tournait et la nausée s'amplifiait. Je décidai de m'éloigner des gens qui quittaient la galerie et de descendre la rue pour me rapprocher de ma station de métro. Marcher me ferait certainement du bien. Je respirais à pleins poumons, mais ma nausée était de plus en plus forte. Un spasme terrible me plia en deux, et je ne pus éviter de vomir contre un arbre. Mes jambes tremblaient, et j'eus beaucoup de mal à me redresser. Je croisai le regard d'un groupe de jeunes gens qui passait près de moi. Ils me contournèrent avec dégoût et ne me proposèrent aucune aide. J'étais seule et malade comme une bête. Les vomissements reprirent. Alors que je croyais mourir, la crise se calma enfin, et je pus atteindre un banc non loin de là. Je m'assis et fermai les yeux. C'est alors qu'une main se posa sur mon épaule. Je sursautai.

— Ça n'a pas l'air d'aller ?

Tournant la tête, j'aperçus un visage masculin auréolé, à contre-jour, de la lumière d'un lampadaire. Je me penchai pour mieux voir, et découvris qu'il s'agissait, comme par miracle, d'Alejandro.

— Mais... mais qu'est ce que tu fais là ? soufflai-je, sans énergie.

— Ben je t'avais donné rendez-vous ce soir, non ?

— Oui mais le vernissage est terminé, répondis-je tremblotante.

— Ah merde ! Je n'ai pas vu le temps passer, on dirait. Je peux faire quelque chose pour toi ? Tu as l'air malade ! dit-il en regardant le vomi contre l'arbre.

— Je rentrerais bien chez moi, mais j'ai peur de prendre le métro, dis-je toute gênée.

— Pas de problème, je nous appelle un taxi.

— Oh non ! Tu es gentil mais je ne veux pas t'embêter avec ça.

— T'es pas bien ? Tu ne crois quand même pas que je vais te laisser toute seule dans cet état. Je n'en ai pas l'air, peut-être, mais je suis un vrai gentleman ! dit-il en bombant le torse.

— Bon, alors ce n'est pas de refus...

Il me raccompagna jusque chez moi. Heureusement, Monsieur Dominguez avait réparé l'ascenseur, car je ne me voyais pas monter les cinq étages à pied. Une fois dans mon appartement, Alejandro m'installa sur le canapé et me mit un plaid sur les jambes.

— Est-ce que tu te sens mieux ?

— Bof…

— Est-ce que tu sais ce que tu as ? Enceinte, gastro, trop d'alcool… ?

— Rien de tout ça, je crois.

— Et tu as toujours envie de vomir ? me demanda-t-il compatissant.

— En fait je ne sais pas trop. J'ai tellement mal aux abdos que je ne sens plus mon ventre.

— Je peux t'apporter une cuvette, au cas où.

— Pas bête, je m'en voudrais de repeindre le tapis ! Tu la trouveras dans un placard de la salle de bains.

— Ok !

## 20

Alejandro fouilla les placards, en vain. Au détour d'une étagère, il tomba sur un flacon d'antidépresseur. Il savait intuitivement qu'il était à Lou. Cette découverte ne faisait que l'ancrer dans ses soupçons ! Il sourit. Finalement, dans un coin de la pièce, il finit par apercevoir la cuvette, remplie de petites culottes en soie que Lou lavait à la main. Pas gêné pour deux sous de la situation, il vida l'eau et son contenu dans le lavabo puis rejoignit le salon. Lou s'était endormie. Il posa la cuvette au pied du canapé, puis regarda par la baie vitrée les gens s'agiter au coin de la rue. Un coiffeur africain était encore ouvert. Les clients étaient nombreux malgré l'heure tardive. Certains se faisaient coiffer dehors dans une ambiance très joyeuse. Cela lui mit du baume au cœur. La décontraction des africains lui rappelait celle qu'il aimait tant chez les mexicains. Il s'assit, sans un bruit, dans un fauteuil en cuir faisant face à Lou. Il trouvait cette jeune femme si belle et si fragile ! Son teint parfait était opalin. Ses cils semblaient immenses. Il n'osait même pas penser à sa silhouette, qu'il savait faussement maigre. Il avait d'ailleurs remarqué que ses seins étaient magnifiquement lourds et ronds. Elle était si différente de Carolina qui elle, au contraire, était une amazone, une guerrière trapue et hyper athlétique, libre de paroles et d'esprit. Il savait combien les femmes pouvaient être désirables et surtout, combien de tracas elles pouvaient entraîner. Voyant les lèvres de la dormeuse s'entrouvrir et sa poitrine se soulever à chaque inspiration, il se mit à rêver qu'il serait bon de lui faire l'amour sur ce canapé. Il savait que cette envie serait partagée, car à leur dernier contact, il avait senti une décharge électrique et vu le regard de Lou se troubler. C'était si adorable qu'il n'avait cessé d'y penser depuis. L'excitation, qui montait en lui comme une vague, lui déclencha une érection. Il était temps qu'il se ressaisisse et se concentre sur ses priorités ! Il se contenterait de veiller sur elle, pour le moment. Il le devait. Le visage de Lou s'éclaira et sembla s'apaiser. Alejandro mit cette trêve à profit pour sortir de sa poche un sachet d'herbe et, tranquillement, se mettre à fumer un joint. Il souhaitait se détendre un peu avant de prendre son téléphone pour régler une affaire importante.

# 21

— Lou, mais qu'est ce que tu fous ? Tu es malade ou quoi ? s'exclama Jérôme.

Quelle heure pouvait-il bien être ? Pourquoi étais-je allongée sur le canapé ?

— Euh... salut. Il est quelle heure, là ? demandais-je d'une voix caverneuse.

— Ben, il est 9 heures ! Tu ne devais pas reprendre le travail ce matin ?

— Oh merde ! J'ai loupé le réveil !

J'étais effarée. Après deux semaines de repos, je n'avais pas été fichue d'entendre mon réveil.

— Putain t'es pas possible, ça fait deux semaines que tu fous rien et t'es pas capable de te réveiller le jour de ta reprise ! T'es vraiment une gamine, si je ne suis pas là tu fais n'importe quoi !

Arrrgh ! Je détestais qu'il dise tout haut et avec autant de dédain ce que je pensais de moi tout bas ! C'était comme s'il était ma mauvaise conscience... Alors que la colère montait en moi, Alejandro fit irruption dans le salon, un sac à dos à la main, MON sac à dos ! Jérôme devint tout blanc comme s'il allait défaillir.

— Mais c'est qui ce con ! ?

— Salut mec ! Alejandro, un ami de Lou. Tout va bien ?

— Ben ça irait mieux si tu me disais ce que tu

fais chez moi à 9 heures du mat' !

— Lou était malade hier, et comme tu n'étais pas là, j'ai décidé de te rendre service en veillant sur elle à ta place. Mais ne me remercie pas, ce fut un véritable plaisir !

Jérôme était tétanisé.

— D'ailleurs, je me suis permis de prendre rendez-vous pour elle chez le médecin. Tu viens, Lou ? On doit y aller, ou on va être en retard. Ravi de t'avoir rencontré, vieux !

Il lui serra fortement la main puis vint me chercher dans le canapé.

Nous étions au seuil de la porte, prêts à sortir, lorsque Jérôme m'interpella :

— Tu rentres quand Lou ?

— Je ne sais pas, Jérôme…

Je vis à son regard que nous nous étions compris. Dès cet instant, rien ne m'obligeait à revenir, et il le savait. Le lien de soumission qui m'attachait à lui venait de se rompre.

## 22

Un taxi nous attendait devant l'immeuble. Lorsque je questionnai Alejandro sur notre destination, il resta évasif. Apparemment, il souhaitait me faire consulter un de ses amis médecin. J'eus beau lui expliquer que je me sentais beaucoup mieux, il ne voulait rien entendre. Le taxi nous déposa à Montreuil chez sa mère. Il me demanda si je voulais un petit déjeuner, car la route allait être longue. J'acceptai avec plaisir, mon ventre étant complètement vide, et nous nous installâmes dans la belle cuisine couleur blanc et ardoise. La lumière y était magnifique en ce beau matin de juillet. Il me prépara un grand jus à base de mangue, d'orange et d'avocat, je crois… C'était revigorant. Il me proposa des œufs et du bacon, mais je déclinai, la grande boisson qu'il m'avait concoctée m'ayant suffisamment rassasiée. Il en but un petit verre puis s'absenta, pour revenir un quart d'heure plus tard une sorte de baluchon sur l'épaule. « C'est l'heure du départ vers l'aventure ! », me dit-il avec un grand sourire. Mais cela ne me rassura pas ! Je n'aimais guère l'aventure, et m'angoissais de ne pas savoir ce qu'il allait se passer. J'essayai néanmoins de lui faire confiance. Je n'avais d'ailleurs pas trop le choix, et en avais désespérément envie.

Nous allâmes dans le garage, où je découvris

le véhicule censé nous propulser vers l'aventure. Il n'était pas très sécurisant ! C'était un très vieux modèle de 4-chevaux bordeaux. Elle semblait très bien entretenue, mais lorsqu'il mit le contact, le bruit du moteur accentua mes doutes :

— Tu crois qu'elle roule bien ? lui demandais-je, peu rassurée.

— Si l'on doit arriver à destination, elle nous y emmènera !

Nous étions maintenant partis depuis plus de deux heures et avions discuté de tout et de rien, lorsqu'une envie pressante se fit sentir. Bien sûr, la voiture ne dépassant pas les 70 km à l'heure, nous n'avions pas pris l'autoroute, donc pas d'aire de repos en vue. Alejandro bifurqua sur un chemin de forêt et s'y enfonça. Il me sembla reconnaître la forêt de Fontainebleau. Il resta sur cette voie, alors que les bosses et les creux du sentier malmenaient la frêle armature de la 4cv. Je sautais sur mon fauteuil à chaque secousse, et mon besoin pressant augmentait à vue d'œil.

— Regarde comme c'est beau ! me dit-il, enjoué.

— Oui, oui, c'est très beau, lui répondis-je en serrant les dents, pas très intéressée par le décor.

Il s'arrêta enfin. Je sortis en courant, me postai derrière le premier buisson trouvé, et eus tout juste le temps de me défaire. Je n'aimais guère faire pipi dans la nature, mais me sentis bien mieux après. Alejandro m'attendait à deux pas, la tête en l'air, contemplant la cime des arbres. Je suivis son regard et découvris avec stupéfaction la beauté de ce lieu magique. « Regarde là-bas ! »

Non loin de notre emplacement se dressait un rocher énorme. J'eus à peine le temps de me rhabiller qu'il me saisit énergiquement la main et me tira presque en courant vers l'étrange formation de granit. On eût dit une gigantesque chimère au corps de crocodile et à la tête de tortue. Nous en fîmes calmement le tour sans un mot, lui dans un sens et moi dans l'autre. Je touchais avec respect cette matière gris sombre. Nous nous rejoignîmes devant ce qui semblait être la tête de cette sculpture, que finalement je soupçonnais être un artefact.

— Tu sens l'énergie de cet endroit ? me demanda-t-il.

— Oui ! C'est impressionnant !

— C'est clairement un lieu de pouvoir. Je pense qu'y a longtemps, des rituels étaient organisés ici.

— Tu crois ? répondis-je songeuse.

— Oh oui !

## 23

Le cœur de Jérôme battait de façon désordonnée. Sa poitrine se contractait, lui causant une sensation d'étouffement insupportable. Il avait tourné en rond dans le salon pendant des heures. Il avait déjà fumé le paquet de cigarettes qui lui restait. Il n'avait pas dormi de la nuit mais ne pouvait concevoir aucun repos. Tant que Lou ne serait pas rentrée, il ne dormirait plus !

Une question l'obsédait : mais qui était ce « type » ? Il fallait qu'il trouve des indices sur lui ! Il pensa alors à l'atelier de Lou. Peut-être y cachait-elle des secrets ? Car il commençait à saisir que des secrets, elle en avait ! Il fouilla l'atelier de fond en comble, et découvrit par hasard le prénom Alejandro derrière une toile qu'il n'avait jamais vue. Cet enfoiré était donc un artiste, et il avait eu le culot d'offrir une de ses œuvres à Lou ! Il s'était douté qu'un jour elle se ferait avoir par un de ces gars torturés qui dessinaient des femmes à poil pour se défouler.

Il écumait de rage, et comme ça l'épuisait il dut s'asseoir. Accablé, il ne pouvait plus retenir ses pleurs. Il savait qu'au fond Lou avait raison de vouloir le quitter. Après tout, ce gars-là savait mieux que lui évacuer ses souffrances, car il avait son art pour les exprimer, alors que lui alternait constamment entre colère et culpabilité, sans aucun dérivatif. Le seul moyen qu'il avait trouvé pour alléger son mal-être était d'en accuser les autres en hurlant ! Et il fallait bien avouer que les autres, c'était trop souvent Lou…

Il avait pleuré longtemps. D'abord pudiquement par sanglots étouffés, puis ses nerfs avaient lâché et les larmes s'étaient mises à couler, enfin. Vidé, il reprit l'exploration de l'atelier de Lou, qu'il trouvait pour la première fois beau et tendre comme elle. Il aperçut, sur un coin de bureau, le contrat de l'exposition qui devait avoir lieu à Sète. Ce contrat stipulait que l'exposition devait se faire en collaboration avec un autre artiste, Alejandro Benedicio. C'était sûrement lui ! Il décida de taper ce nom sur internet pour voir une photo qui confirmerait l'identité de cet inconnu : en effet, c'était bien l'homme qu'il avait rencontré ce matin. Jérôme lisait parfaitement l'espagnol et découvrit facilement qu'Alejandro était un artiste de très grande renommée au Mexique. Mais hormis quelques sites faisant son éloge pour son talent, de nombreux autres inondaient le web de commentaires décidément inquiétants. Jérôme frémit en les consultant. L'homme y était dépeint par ces moteurs d'information comme étant… dangereux ! Il prit même un uppercut dans le ventre en comprenant que ce dont il avait été témoin ce matin, et qu'il avait laissé faire, était purement et simplement l'enlèvement de la femme de sa vie !

Il sauta aussitôt sur son portable et appela immédiatement Lou pour la prévenir de sa découverte, et lui permettre d'échapper au plus vite aux griffes de ce prédateur. Bien sûr, elle ne répondait pas ! Il avait du l'emmener dans un endroit où elle ne capterait pas… Il fallait qu'il prévienne la police.

## 24

Enfin, au bout de ce qui me sembla une éternité, nous arrivâmes à bon port. Je ne savais pas vraiment dans quel endroit de France nous nous trouvions. Nous n'étions passés par aucune grande ville. Le dernier panneau dont je me souvenais était Saint-Aigny, mais j'ignorais où cela se situait. Nous roulions à présent sur un chemin bordé de champs où de jeunes pousses de blé commençaient à croître et passions devant une vieille ferme. Alors que nous allions bifurquer à droite vers un sentier plus étroit, nous faillîmes renverser une petite femme d'une quarantaine d'années qui se promenait avec un chien de berger et un âne, qu'elle tenait fermement par une corde. La femme ne sursauta pas, mais au contraire nous gratifia d'un grand sourire et d'un signe amical de la main. Elle se dirigea vers la vitre qu'Alejandro venait de baisser.

— Hé, Alejandro, comment ça va ? lui lança-t-elle chaleureusement.

— Très bien, et toi, Marie ?

— Ça va bien ! C'est une belle journée. Vous avez fait bon voyage ? Elle m'incluait dans cette question, en me regardant gentiment.

— Au vu de l'âge de notre véhicule, on peut dire que le voyage aurait pu se passer plus mal ! lui répondit-il en riant. Tu sais où on peut trouver

Jean ?

— Oui ! Vous le trouverez dans la clairière, il est avec Gabriel en train de préparer le feu. Je reviens dans une demi-heure chercher Lou pour l'infusion. À tout à l'heure !

— Merci, Marie. À tout à l'heure.

Il semblait que mon arrivée fût attendue, et que mon « cas » ait déjà été débattu, puisque que Marie connaissait mon prénom. J'étais un peu inquiète à notre départ précipité de Paris, mais mon état d'angoisse augmenta désagréablement. Je remarquai soudain que mon portable était dans la poche de ma veste. Je croyais l'avoir oublié. Malheureusement il ne me serait d'aucune utilité, il n'y avait pas de réseau ! J'y vis toutefois qu'il était déjà 17h : or nous n'avions rien mangé depuis le matin ! Cette pensée suffit pour que mon ventre se mette à gargouiller. Alej, ne semblant pas affamé, s'était remis à conduire. Le petit chemin était très bien entretenu. Il n'y avait ni bosses ni creux. Des fleurs des champs poussaient tout du long. Elles firent bientôt place à des buissons, puis à de grands arbres. Au bout de quelques minutes passées dans l'obscurité d'un petit bout de forêt, nous débouchâmes sur une magnifique clairière inondée de lumière. Au loin, deux hommes s'activaient à transporter du bois. Alej arrêta la voiture à une centaine de mètres d'eux :

— Nous y voilà enfin !

— Ai-je le droit à présent de savoir ce que nous faisons là ? lui demandai-je avant de sortir.

— Il vaudrait mieux que tu te laisses aller et ne poses pas de questions... Mais crois moi, j'ai l'intime conviction que ce qui peut se passer ici te fera du bien, et à moi aussi par la même occasion...

J'étais bouche-bée, car je ne m'étais pas du tout attendue à une réponse aussi laconique. Quoi qu'il en soit, il sortit de la voiture sans me laisser le temps de réagir. Son côté mystérieux commençait à m'inquiéter. Au fur et à mesure que mon angoisse de l'inconnu grandissait, l'idée que plaquer Jérôme et mon ancienne vie ait un sens s'éloignait. Quelle imbécile je faisais de m'être mise dans un tel pétrin. J'avais plus que jamais envie de retrouver le confort, certes parfois maussade, de mon appartement design et de mon travail bien rémunéré. Malheureusement revenir en arrière serait bien délicat tant pour le travail, où je n'avais même pas prévenu de mon absence, que pour Jérôme, qui devait à cette heure-ci ruminer de bien mauvaises pensées à mon égard !

Alejandro me donna mon sac et m'enjoignit de le suivre. Arrivé près du groupe d'hommes, il me présenta ses trois amis. Il y avait le propriétaire des lieux, Jean, un agriculteur d'environ 45 ans, grand, sec, avec des rides au coin des yeux, et Benjamin, un jeune d'une trentaine d'années dont la tenue montrait qu'il n'était pas lui-même agriculteur. Il portait une jolie veste en velours marron, ainsi qu'un baggy vert kaki et un béret en tissu écossais. Il y avait également cet homme discret, que je n'avais pas vu de loin, répondant au prénom de Gabriel. Petit et maigre, il avait le teint tanné des gens du désert et semblait d'origine maghrébine. Sa voix douce portait peu, mais il paraissait important aux yeux d'Alej, qui le désignait bizarrement sous le nom de « Maître du feu ».

Alors que la nuit commençait à tomber, je réussis enfin à tromper la vigilance de Marie. La petite femme joyeuse aux longs cheveux commençant à grisonner s'était, en fait, avérée être plutôt dure et autoritaire. Elle m'avait fait travailler plusieurs heures le ventre vide ! De plus, j'avais trouvé son comportement bizarre lorsque je lui avais demandé l'air de rien s'il y avait un médecin ici. Elle avait répondu en s'esclaffant : « Euh oui, en quelque sorte ! » Comment ça en quelque sorte ! ? M'étais-je silencieusement inquiétée. J'avais bien cru au départ que c'était elle, car je l'avais aidée à préparer une infusion d'une plante qui m'était inconnue. J'avais alors supposé qu'elle était une sorte de super naturopathe que l'on venait voir de loin. Puis mes doutes étaient revenus lorsqu'elle m'avait proposé de prendre un bain pour me détendre avant l'arrivée du « médecin ». Je commençais sérieusement à me demander si je n'étais pas tombée dans une sorte de secte. Mon angoisse s'accroissait aussi du fait qu'Alejandro avait complètement disparu et que la faim et la soif me donnaient des vertiges. Après mon bain, je voulus sortir en cachette de la maison pour tenter de rejoindre la clairière où Alejandro était certainement resté. Mais alors que j'allais franchir la porte de sortie qui se trouvait dans un couloir peu éclairé, j'entendis Marie discuter avec quelqu'un au téléphone : « Oui, elle est prête. On va pouvoir commencer la cérémonie... Elle semble un peu paumée. Elle ne comprend pas vraiment ce qui lui arrive... Je crois. » J'avais la certitude qu'elle parlait de moi et fus prise d'un terrible frisson. Il fallait vraiment que je retrouve Alej au plus vite pour que l'on quitte cet endroit. Mais était-il vraiment de confiance ? Pourquoi m'avait-il amenée ici ? Je n'avais malheureusement pas d'autre choix que de clarifier cela avec lui.

J'arrivai après quelques minutes de marche à l'endroit même de notre arrivée. Au bout de cette vaste étendue d'herbe, il y avait un grand tipi que je n'avais pas remarqué auparavant. Il se trouvait à côté de plusieurs cabanes en bois. De ce tipi entrouvert émanait une étrange lumière. Je décidais de m'y rendre pour voir si Alej n'y était pas. J'avais la ferme intention de lui dire que je ne me sentais pas bien et que je souhaitais partir ! Mais à quelques mètres de l'entrée, je stoppai net en entendant la musique qui en sortait. Plusieurs personnes chantaient dans une langue proche de l'espagnol. Je ne voulus pas les interrompre et fis alors quelque chose que je n'avais pas fait depuis très longtemps. Je me cachai sur le côté du tipi, puis me mis à les espionner par un trou. Je découvris avec stupéfaction que huit hommes se tenaient debout autour d'un feu. Ils étaient tous torse nu, et avaient peint leurs visages. Je reconnus Alej, Jean, Gabriel et Benjamin. Les quatre autres m'étaient totalement inconnus. Ils ne semblaient pas être français. Le plus âgé parlait en faisant de grands gestes. Les autres répétaient parfois ce qu'il disait. La langue utilisée était particulièrement chantante, et le vieil homme utilisait le même ton que les conteurs pour enfants. Leur « rituel » s'accéléra lorsqu'il cracha sur les flammes un liquide qu'il avait mis dans sa bouche ! Le feu devint très intense et un des hommes se mit à jouer du violon. Ils chantèrent plus vite et se mirent à danser en file indienne. Je devais me rendre à l'évidence : j'étais tombée chez des illuminés, et pire encore, ils semblaient avoir l'intention de me guérir d'une maladie dont aucun n'avait vraiment connaissance. Je me laissai tomber sur les fesses le long de la toile du tipi. Assise et exténuée, je pris quelques instants ma tête entre mes mains puis me mis à regarder la nuit tomber. La lune ronde et parfaite était déjà dans les cieux à peine obscurcis. Il faisait incroyablement doux. Je ne portais qu'un T-shirt à manches courtes, mais n'avais absolument pas froid. La litanie chantée à mes côtés était hypnotique. Il me sembla, en plus du violon, entendre une guitare. C'était une musique pénétrante, joyeuse et répétitive. Elle me fit tomber progressivement dans un état de repos. Le visage de ma grand-mère puis celui de ma mère passèrent très furtivement devant mes yeux. Je fus alors frappée de l'incroyable différence entre ces deux femmes. Et moi, ressemblais-je à ma mère ? Elle était si angoissée et soucieuse du regard des autres ! Etais-je comme ça moi aussi ? En tout cas, je l'étais devenue. Pourtant je me souvenais qu'enfant je n'avais été que spontanéité et joie de vivre et, adolescente, farouche défenseuse de mes libertés. Il faut croire qu'à force de brimades j'avais abdiqué. J'étais sidérée par la véracité et la fulgurance de cette pensée que j'avais pour la première fois. Mon esprit se mit à bouillonner à cette découverte, jusqu'à ce qu'il sature puis se court-circuite... Il était en passe de se vider totalement lorsque tout à coup mon portable sonna. Je me rendis compte que la musique s'était arrêtée. Je regardai le SMS. Jérôme en était l'expéditeur. À tout hasard, je décidai de le lire. « Ma chérie, je ne sais pas ce qu'il en est de nous deux mais quoi qu'il en soit il est très important que tu fasses attention à ton nouvel « ami » ! Il semblerait qu'il soit très dangereux ! Il serait complice de l'enlèvement d'une femme au Mexique ! Je t'en prie, où que tu sois n'hésite pas à m'appeler, je viens te chercher. Il est sûrement trop tard pour te le dire, mais je t'aime ! »

J'étais abasourdie : et si, pour une fois, Jérôme n'exagérait pas ? Je ne savais rien d'Alejandro. Je ne le connaissais que depuis très peu de temps et aujourd'hui, je me retrouvais dans ce drôle d'endroit sans savoir vraiment pourquoi. J'avais vraiment eu envie et besoin de lui faire confiance. L'attirance physique que j'avais pour lui avait renforcé mon intuition qu'il était quelqu'un de bien, et il m'avait tout de suite fait bonne impression. Mais n'était-ce pas ainsi que les psychopathes appréhendaient leurs victimes ? J'étais vraiment perturbée par ce message, justifiant le sentiment d'insécurité que j'éprouvais depuis mon arrivée.

Une main se posa alors sur mon épaule, me faisant sursauter. C'était justement Alejandro. Mon cœur battait très fort. Sa voix douce, en contraste avec le sérieux de son visage, amplifia mon mal-être et me terrorisa : « La cérémonie va commencer. » J'étais tétanisée. J'avais perdu tous mes moyens, et ce fut tel un zombie que je le suivis. Me tenant par la main, il me demanda de m'asseoir près du feu. Il ajouta, se voulant rassurant, je suppose: « Quoi qu'il arrive, ne panique pas. Ne réfléchis pas, et tout se passera bien ! » D'autres personnes entrèrent comme moi sous le tipi pour s'asseoir en cercle. Une fois tout le monde installé, l'accès à la sortie était quasiment obturé. Puis le vieil indien se mit à parler dans sa langue et tout le monde se tut. J'étais vraiment bloquée ! Pourtant, il fallait que je trouve un moyen de m'enfuir. Même si je n'étais sûre ni des intentions d'Alej, ni de celles des autres personnes, je ne pouvais attendre qu'il arrive une catastrophe pour réagir. Ce ne serait pas facile, d'autant qu'on se trouvait en plein milieu des champs. Il me fallait guetter, vigilante, le moment opportun.

Le vieil indien continuait sa cérémonie. Il parlait et parfois chantait passionnément comme en état de transe. A la fin d'une de ses phrases, il appela Marie, qui se leva et porta jusqu'à lui une marmite. Faisant avec une longue plume un signe de croix sur le récipient. Il sortit alors la louche qui se trouvait dedans et, pour en boire le contenu, trempa à deux reprises ses lèvres dans le liquide. Il en but une partie et cracha le reste sur le feu. À cet instant les gens autour de moi, qui semblaient familiers de la cérémonie, poussèrent des cris de joie. Puis Marie, aidée par une jeune femme, fit le tour de tous les participants pour leur offrir à boire. Me vint alors l'idée que ces personnes formaient une secte ayant décidé de se suicider collectivement en ingérant du poison. Il me semblait bien que généralement le gourou ne se tuait pas dans ce genre d'histoire, alors qu'ici il avait été le premier à boire le liquide en question. Mais je n'étais pas rassurée en voyant certains participants faire une grimace abominable au contact du breuvage. Puis vint mon tour. La jeune femme me tendit la louche. L'odeur qui s'en dégageait était horrible, et inconsciemment je reculai ma tête pour ne pas devoir l'avaler, mais la jeune femme ne me laissa pas le choix. C'était juste l'horreur ! Je faillis vomir tant c'était amer, mais je tins bon. Le vieil homme se remit à parler, et cette fois je compris très clairement qu'il s'adressait au feu. Bien que la notion de temps m'échappât, il me semble que cette « conversation » dura un long moment. Puis le vieil homme se rassit, les jambes allongées et croisées devant lui. À ma grande stupéfaction, il se mit à dormir. Je regardais les autres participants et tous semblaient faire la même chose. Seul un homme était encore un peu actif, le violoniste, qui dans son coin jouait tout doucement. Je vis enfin Alej. Il s'était installé loin de moi et regardait le feu l'air dans le vague. J'avais l'étrange sensation malgré l'obscurité de voir le moindre détail des visages qui m'entouraient. À bien y regarder, personne ne dormait vraiment, mais tous avaient l'air de robots sans batterie. Combien de temps allions-nous rester assis comme cela ? Je ne voyais pas trop l'intérêt, bien que je doive avouer que je ne m'ennuyais pas, et que je n'étais pas spécialement fatiguée. Je me rendis compte alors que la musique était vraiment magnifique ! Elle me faisait penser à une cascade multicolore, rafraîchissante et vivifiante. Je ne savais pas si c'était elle qui me donnait l'énergie nouvelle que je ressentais. Je voulus regarder jouer le musicien mais à ma grande stupeur, j'étais comme paralysée. Enfin pas vraiment paralysée, mais très engourdie. Il me fallut ce qui me parut une éternité pour tourner la tête. De plus ma vision me sembla troublée. Le musicien qui me souriait était composé d'une multitude de points de couleurs vibrants. C'était terrifiant, comme si la matière de son corps était en réalité une agglomération de milliers d'insectes colorés. Je compris alors très clairement que j'avais été droguée... Que nous étions tous sous l'influence d'une drogue ! Alej lui-même avait l'air défoncé, les yeux injectés de sang. Je le vis émerger de sa paralysie pour parler avec son voisin. Celui-ci, un peu au ralenti, lui répondit. Ils se tapèrent amicalement sur l'épaule et continuèrent à discuter. En fait, tout ce qui m'avait semblé vrai il y a quelques secondes ne l'était déjà plus. Les autres personnes avaient changé de position, et s'étaient animées sans que je m'en aperçoive. Ma mobilité et mon rythme cardiaque redevinrent normaux. Je me souvins alors de ce qu'Alej m'avait dit avant d'entrer : « Quoi qu'il arrive, ne panique pas, ne réfléchis pas, et tout se passera bien ! » Je n'avais pas le choix, et savais pertinemment, pour avoir consommé quelques hallucinogènes dans ma jeunesse, que le calme était la seule issue ! De plus, il fallait que malgré mes visions je réussisse à rester aux aguets. Ce serait difficile, d'autant qu'à cet instant le feu changea brusquement d'apparence pour se colorer en vert, bleu et rouge. Le vieil indien observa le phénomène, puisqu'il se leva pour parler aux flammes agitées. J'avais l'impression que ses paroles les attisaient, jusqu'à les faire incroyablement grandir ! Étaient-elles en colère, ou rappelaient-elles aux hommes leur véritable puissance ? Le feu allait bientôt gagner le plafond du tipi lorsque j'eus le choc de ma vie : un cerf bleu apparut dans les flammes. Il irradiait sur tout mon corps, jusqu'à le pénétrer. Il brûlait mes entrailles, mon cœur et toutes mes pensées. Je compris qu'il voulait me libérer de toutes influences extérieures jusqu'à ce que mon esprit et mon corps ne fassent plus qu'un, que je sois enfin seule, libérée de tout parasite. Je ressentis alors une terrible solitude, un sentiment de vide accablant comme je n'en avais jamais ressenti. Le vieil indien brûlait lui aussi ! Puis tout s'arrêta brusquement. Je fus prise alors d'un vertige et perdis probablement conscience quelques minutes.

Tout devint lent et flou, comme ouaté, presque moelleux. La terre sur ma joue était fraîche. Elle était bienfaisante. Après l'intense chaleur des flammes, elle m'aidait à me ressourcer. J'étais allongée au sol. Qu'importe ! Rien n'avait d'importance.

## 25

Alej me prit le bras pour m'aider à sortir. Tout le monde avait disparu. Il ne restait plus que moi et un feu presque mort au milieu du tipi. Dehors, il faisait jour. C'était un magnifique matin. La lumière m'éblouit. Alej nous fit entrer dans une des cabanes, puis me porta pour me poser délicatement sur un lit. Je ne réussis pas à parler ni à lui poser de questions. Il me semblait que j'étais en train de me rendormir lorsque je l'entendis me murmurer à l'oreille :

« Lou, je dois te quitter mais je veux que tu saches, avant que nos chemins ne se séparent probablement définitivement... que ton état d'être n'est pas immuable. Tu ne dois en aucun cas t'en vouloir, tu n'es pas coupable, mais jamais tu ne dois abandonner ! Ton corps et ton esprit sont ton bien le plus précieux, protège-les ! J'espère avoir pu t'aider mais ma mission s'arrête là. Je chérirai pour toujours le destin de t'avoir rencontrée. Hasta la vista, mi amiga eterna. » Je ne pouvais ni bouger, ni l'interrompre. Je n'avais plus aucune énergie. La nuit avait été bien trop éprouvante ! Il me regarda un instant puis se pencha au-dessus de moi. Son visage s'approcha du mien. Il m'embrassa délicatement sur la joue. Alors que je le voyais par l'embrasure de la porte partir loin de moi, des larmes se mirent doucement à couler.

Il me fallut quelques heures pour reprendre mes esprits et trouver la force de me lever. Ma vue était encore très troublée. Je voyais les points d'énergie qui constituaient chaque chose. C'était perturbant, et je crus ne pas réussir à sortir de la cabane. Arrivée sur le pas de la porte le phénomène s'accentua momentanément. Le ciel était comme fait de millions de lucioles scintillantes. Puis, ma vision redevenant normale, j'aperçus un groupe de personnes en train de déjeuner sur l'herbe. Il y avait Marie, Jean et quatre des participants de la « cérémonie » de la veille. J'avais peur d'aller les voir. J'avais conscience d'être la seule à ne pas savoir vraiment ce qu'il s'était passé cette nuit-là. De plus, je craignais d'aborder la question du départ d'Alejandro, mais il allait falloir que je prenne le taureau par les cornes si je voulais trouver un moyen de rentrer chez moi.

À ma grande surprise, le groupe m'accueillit très chaleureusement. Tous connaissaient mon prénom, Marie me serra même dans ses bras en me demandant comment je me sentais, avec une réelle empathie. Je fus immédiatement réchauffée par leurs présences, et compris qu'il fallait m'accorder un peu de temps en leur compagnie. Comme eux, je m'assis par terre, et acceptai avec grand plaisir un bol de soupe. Je n'eus pas besoin de demander d'explications sur tout ce qu'il s'était passé. Les langues se délièrent sans aucun problème. Il semblait que les secrets d'hier n'avaient plus lieu d'être. Je sus alors que je venais de participer à une cérémonie huichol en l'honneur de Tatewali, le Grand-père Feu. Pour eux, le feu était un guide spirituel, un puissant symbole de régénérescence, qui consume ce qu'il n'est plus nécessaire de garder en soi pour laisser place à la renaissance et tendre vers une nouvelle perspective de vie. Cette explication faisait parfaitement écho au tirage de Tarots que j'avais fait chez la maman d'Alejandro. Les coïncidences bizarres semblaient s'imbriquer. La plante que nous avions consommée en tisane était en fait un cactus du nom de Peyotl. Il s'agissait en réalité d'un puissant psychotrope. Le vieil homme qui parlait au feu en avait proposé l'utilisation, car il avait eu la vision d'une femme blanche dont le cerveau était douloureusement traversé par des épines. Le Peyotl étant dépourvu d'épines, il en avait conclu que se serait le bon remède. Ils continuèrent en me disant que si tous étaient venus en sachant qu'ils en tireraient de grands bénéfices, ils s'étaient avant tout réunis à la demande d'Alej dans le but de me soutenir dans ma guérison. Il leur avait précisé que je souffrais d'une grave dépression qu'il fallait soigner en urgence, et tous avaient répondu positivement malgré la précipitation des événements : Alej les avait appelés avant-hier en pleine nuit ! J'avais, semble-t-il, la grande chance d'avoir bénéficié de la présence exceptionnelle en France du "Marakamé" Don Ruiz. Il était considéré dans son pays comme un très grand guérisseur. Ils semblaient tous satisfaits car, selon leurs dires, la cérémonie avait très bien fonctionné. Je n'osais leur dire que je ne me sentais pas du tout guérie.

La discussion avait été agréable et la soupe bienfaisante. Je me sentais mieux et décidai de partir, mais avant cela je demandai des nouvelles d'Alejandro. Marie me répondit qu'il avait dû rentrer précipitamment au Mexique, et en avait profité pour conduire Don Ruiz et ses assistants à Orly dans sa vieille voiture. Il avait également précisé à Jean de bien s'occuper de moi, et de m'emmener à la gare quand je le désirerais. Ce qu'il allait faire en fin d'après-midi, après que je me sois de nouveau reposée, lorsque la gendarmerie nationale, accompagnée de Jérôme, débarqua dans la clairière avec un avis de recherche concernant Alejandro ! Nous fûmes tous embarqués au poste pour interrogatoire et bien sûr, nous prétendîmes tous ne pas le connaître ! Je découvris par la suite que c'était Jérôme qui avait dénoncé Alej et qui avait convaincu la police de tracer mon portable.

# 26

J'étais rentrée avec Jérôme sur Paris, sans vraiment réfléchir. J'avais dû dormir 24 heures pour me remettre de cette incroyable aventure. Ce n'est qu'après deux jours de flottement que les questions avaient émergé. D'abord, parce que je m'étais rendu compte que j'avais 14 messages vocaux sur mon portable, dont 12 très désagréables ! Au vu des dix en provenance du bureau, il était clair que j'étais maintenant sans emploi. Ce qui fut confirmé trois jours plus tard par la réception d'une lettre recommandée me prévenant, pas très courtoisement, que j'étais licenciée pour abandon de poste. Isabelle, mon « ex-patronne », n'hésitait pas à faire planer la menace d'un procès aux prud'hommes si j'osais demander des indemnités de licenciement. J'allais de toute façon abandonner cette idée tant j'étais fatiguée mais Jérôme eut la gentillesse de s'occuper des démarches. Il alla voir le docteur Nemouche pour lui expliquer ma situation. Celui-ci excepta de rédiger une lettre de prolongement d'arrêt maladie. De ce fait mon licenciement devenait illégal ! Il négocia ensuite une rupture de contrat à l'amiable, mes indemnités, et obtint que je touche le chômage. Au moins, cela me permettrait de subvenir à mes besoins ! Mais je ne savais vraiment plus ce que j'allais faire de ma vie !

Et puis il y avait ce message de ma mère me

demandant très sérieusement si je n'étais pas morte, ce qui serait la seule excuse pouvant justifier à ses yeux que je ne l'aie pas appelée depuis un mois. Ce qui fit ressurgir en moi cet état des lieux que j'avais commencé avant la cérémonie Huichol. Si j'étais devenue quelqu'un d'autre pour satisfaire ma mère, Jérôme, ou peut-être même, la société, comment pouvais-je savoir qui j'étais vraiment, et quels étaient mes désirs ? Je ne voulais plus travailler comme graphiste pour une grosse agence, j'en étais sûre, mais pour le reste c'était un peu flou... Peut-être devais-je revenir à un rythme qui me conviendrait mieux ?

# 27

Cela faisait un mois très exactement qu'Alejandro avait disparu sans donner de nouvelles lorsque je découvris à ma grande stupéfaction son visage au journal de France 2. La présentatrice expliquait son combat auprès du peuple Huichol afin de les aider à préserver le territoire sacré du Wirikuta, au centre du Mexique, notamment en portant plainte avec un groupe de citoyens contre le gouverneur de cette région pour avoir accordé de multiples concessions à des entreprises étrangères, en vue d'exploiter les ressources du sous-sol. Le gouverneur avait récemment contre-attaqué en accusant le peintre d'avoir organisé l'enlèvement de sa fille Maïa. Mais l'accusation était tombée quelques jours plus tôt lorsque celle-ci convoqua des journalistes nationaux pour leur déclarer qu'elle n'avait pas été enlevée, mais au contraire avait volontairement rejoint le groupe « Salvemos Wirikuta » pour les soutenir. Un grand élan populaire pour protéger cette région était né après la diffusion de l'interview.

Alejandro apparaissait à l'écran souriant et radieux, accompagné d'une splendide femme brune aux cheveux lisses et au teint ambré qu'il présentait comme la femme qui l'avait convaincu de rejoindre cette cause. Je sus immédiatement qu'elle était également sa muse, son âme sœur…

C'est ainsi que les choses s'achevaient enfin, et qu'un fardeau tombait de mes épaules. Rien ne devait se passer autrement. Aucune histoire n'était née entre lui et moi, si ce n'est un très beau moment de soutien et d'amitié. J'étais rassurée de découvrir qu'il était un homme bon, et qu'il menait là-bas une vie heureuse. Je me sentais enfin en mesure d'agir seule.

## 28

Malgré ses efforts, je savais que Jérôme ne réussirait pas accepter mon oisiveté et mon manque apparent d'ambition. Il n'avait pas été programmé pour le faire et n'en était pas responsable. Ma compassion à son égard ne changeait pas le problème. Je mettais donc mon temps libre à profit pour établir un plan de sauvetage ! Il ne s'agissait malheureusement pas de sauver notre couple ou bien Jérôme, je n'en avais probablement pas les moyens, mais j'essayais de trouver un plan qui me sauverait moi ! C'était donc dans cet esprit que j'avais passé ma semaine à contacter les personnes formidables qui avaient croisé ma route et m'avaient proposé de rester en relation. Tous sans exception m'avaient chaleureusement invitée à leur rendre visite. J'avais également appelé ma grand-mère à la maison de retraite pour lui parler de mon « projet », et comme toujours elle m'avait soutenue avec beaucoup de tendresse…

## 29

Je ne laisse derrière moi qu'un simple bout de papier posé sur le plan de travail de la cuisine. Le cœur léger, mes valises faites, je claque la porte. J'ai laissé les clés à l'intérieur. Je ne peux plus faire demi-tour. Ce soir, Jérôme lira ces mots :

*« Cher Jérôme,*

*Je suis partie pour ne plus jamais revenir. Tu n'y es pour rien mais je ne veux plus que l'on se rende malheureux. Je suis désolée de ne pas te l'annoncer de vive voix mais j'ai eu peur de me laisser convaincre de rester. Il ne se serait agi là que de pitié et non d'amour, et je sais que nous ne voulons pas de ce genre de relation. Je te remercie pour tout ce que tu as fait pour moi. Merci pour ce bout de chemin que nous avons partagé. Il m'a fait grandir. À travers nos bons moments mais également les épreuves, j'ai pu me redécouvrir, et cela représente un magnifique cadeau à mes yeux. Malheureusement, aujourd'hui nos chemins doivent se séparer. Je fais le pari du changement, et même si je sais que celui-ci est toujours risqué, il anime mon cœur, depuis trop longtemps engourdi.*
*Je te souhaite le meilleur du monde.*

*Lou »*

## 30

La glycine est magnifique et les volets d'un joli vert de gris. Les fleurs du jardin, laissées à leur liberté, resplendissent et exhalent un parfum suave. Tout, autour de moi, présage de la possibilité d'une renaissance. Ici, dans la maison de mes bonheurs d'enfance, je vais pouvoir vivre sans culpabilité la lenteur que j'aime tant. Ma grand-mère m'a confié les clés de sa maison avec beaucoup de joie et m'a offert d'y rester aussi longtemps que j'en aurais besoin. La pelouse du parc s'est transformée en magnifique prairie colorée, parsemée de boutons d'or et de coquelicots. Je goûte avec délectation la caresse des brins d'herbe sur mes mollets. Je me dirige vers le fond du jardin où se trouve le vieil appentis où mon grand-père rangeait son camping-car. Le bâtiment inutilisé depuis sa mort semble prêt à s'écrouler. C'est avec beaucoup de difficulté que j'ouvre la grande porte en bois. À l'intérieur, une odeur de mousse et de moisissure. Le camping-car qui nous amenait tous les ans aux bords de l'océan est bien là. Je retire la bâche qui le recouvre et le retrouve avec émotion dans un nuage de poussière. Mes grands-parents, mes deux cousins et moi y étions serrés comme des sardines mais tellement heureux de partager une belle aventure ensemble. C'est avec un petit pincement au cœur que je rentre à l'intérieur. Tout est intact. J'ai l'impression d'avoir fait un bond de 20 ans en arrière. Émergent alors en moi de merveilleux souvenirs. Les banquettes sont toujours recouvertes par les coussins à fleurs que ma grand-mère avait cousus. Je nous revois assis ici, autour de cette table, pour nous régaler des ses gaufres et de ses délicieuses confitures maison. Sur le petit meuble de cuisine est posée cette étrange poupée gitane ramenée d'Espagne, avec laquelle je jouais lorsque j'étais enfant. La jolie coupelle en porcelaine de Limoges contient toujours nos trésors de vacances : des coquillages de toutes formes, des petits bâtons de bois flotté ramassés sur la plage, et des fleurs séchées cueillies dans le sud de la France.

Je rentre dans la cabine où mon grand-père s'installait de longues heures pour nous conduire à destination. Il réglait toujours l'autoradio sur une chaîne qui diffusait de vieilles chansons d'après-guerre. Je retire le frein à main, sors de l'habitacle et pousse le camping-car à l'extérieur. Voilà ma nouvelle maison sur la pelouse du magnifique parc de la propriété. Dès ce soir, après un petit brin de ménage, je pourrai dormir dedans !

Mais avant cela, je déplie, un grand sourire aux lèvres, le transat dans lequel papy faisait la sieste lorsque l'on était en vacances. Je m'allonge avec beaucoup de plaisir, les bras au dessus de la tête, les jambes croisées. Je suis béate de bonheur de m'offrir enfin ce que j'aime tant et que je me suis refusée depuis des années : un beau moment de Rêverie !

Monsieur Dominguez et sa femme me rendront visite dans quelques semaines, leur voiture pleine de spécialités portugaises et d'outils pour réparer l'engin ! Une fois le bolide remis en état, je partirai pour un long périple. Ma première étape sera Sète, pour notre exposition. J'ai appris récemment par Rebecca qu'Alejandro ne serait pas présent, sa nouvelle notoriété de porte-parole du peuple Huichol accaparant tout son temps.
Ensuite, je rejoindrai mes amis qui m'ont invitée à leur rendre visite : Edouardo, un artiste chilien de la galerie un « tantinet » exubérant, Mark, un musicien américain qui compose les bandes son des spots publicitaires de mon ancienne agence, Liliana, une amie italienne d'Anna avec qui j'ai sympathisé, et mon cousin David, que je n'ai pas vu depuis son mariage avec une anglaise, il y a quatre ans. C'est avec beaucoup d'émotion que je rêve de l'escale qui m'est la plus chère : le Mexique. Guadalupe, José et Alejandro m'y attendent.

J'ai hâte de découvrir à quel rythme bat le cœur du monde. À 70 kilomètres heures maximum, ma maison sur le dos, je me sens déjà comme un escargot qui part faire sa douce révolution !

**Un grand merci à :**

Françoise Souberbielle, Delphine Nanet et Jean-Pierre De Vlieger pour leur excellent travail de relecture.
Céline Jagger pour l'énorme service qu'elle a rendu à ce projet !
A mon frère, qui trouve toujours du temps pour m'aider.
Ma famille que j'aime tant.
Mon fils et son père, pour l'éternité !
Mes amis de cœur, si précieux.
Vous, qui m'avez lue et encouragée.

*

Vous souhaitez faire votre "Révolution de l'escargot" et allez plus loin dans la découverte de votre propre rythme !

Vous pouvez trouver plus d'informations sur le livre et son auteur sur le site :
www.laurie-devlieger.wixsite.com/laurie-devlieger
et la page facebook :
www.facebook.com/laurie.devlieger.auteur

Je vous conseille également de découvrir le journaliste Carl Honoré et son livre *L'éloge de la lenteur, et si vous ralentissiez ?*
*aux* Editions Marabout.
http://www.carlhonore.com